KB042725

하이베른가의 대공자

하이베른가의 대공자 **6**

초판 1쇄 인쇄일 2023년 11월 1일 | **초판 1쇄 발행일** 2023년 11월 6일

지은이 청루연 | **펴낸이** 곽동현 | **담당편집 팀장** 이범수
편집부 정요한 김승건

펴낸곳 (주)조은세상 | 출판등록 제2002-23호
주소 서울특별시 동작구 동작대로1길 27 5층
TEL 02)587-2966 | FAX 02)587-2922
E-mail bukdu@comics21c.co.kr

청루연ⓒ2023
ISBN 979-11-391-2391-3 | ISBN 979-11-391-1964-0(set)
값 9,000원

6

북두
새로운 세상

하이베른가의 대공자

청루연
판타지 장편소설

청루연 판타지 장편소설

FANTASY STORY

CONTENTS

Chapter. 37

마법학부의 기숙사를 바라보는 기사 생도들의 눈빛은 강한 열망으로 이글거리고 있었다.

그들이 '포효하는 황혼' 그룹을 선택한 것은 하이베른가의 중검(重劍), 사자검을 향한 존경과 흠모의 발로였다.

정치적인 역학 관계, 대귀족들의 권력 놀이, 그딴 것은 다 필요 없었다.

왕국의 주류 검술인 쾌검술을 언제나 잔재주로 만들어 버리는 하이베른가의 사자검술이야말로 황혼의 기사 생도들이 꿈꾸는 이상향인 것이다.

황혼의 최고 기사 생도들이 연달아 '칼날 지배자'에게 패배한 기억 따위는 이미 그들의 머릿속에서 저만치 달아났다.

그는 다름 아닌 하이베른가의 대공자.

물론 그가 보여 준 신위는 마법과 무투술이었다.

하지만 모든 시민들 앞에서 외쳤던 그의 서슴없는 당당함과 전율적인 기백은 하이베른의 사자 그 이상.

분명 그에겐 기사의 가슴을 들끓게 만드는 무언가가 있었다.

그런 대공자의 후원만 받을 수 있다면 생애 최고의 명예이자 더없는 영광일 것이었다.

"왜 우리 대공자님은 나오시지 않는 거지?"

"주문쟁이들에게 못 들었냐? 대공자님께서 먼저 후원을 언급하셨다고 했다! 분명 우리에게 기회를 열어 주실 거라고!"

"쉿! 더 이상 주문쟁이라는 말은 쓰지 마! 우리 대공자님께서도 주문…… 아니 마법 생도시잖아!"

강철의 하이랜더 올칸이 가슴 근육을 씰룩이며 비릿하게 웃었다.

"멍청한 놈들. 나와 대공자님은 이미 한 번 몸으로 대화한 사이다. 사나이들끼리 한 번 치고받지도 않고 무슨 관계가 진전될 수 있단 말이냐."

황혼의 기사 생도들이 그런 올칸을 묘하게 바라보고 있었다.

그가 크림슨 오오라의 극한, 적혈강체를 최대 출력으로 끌

어울리고도 대공자에게 먼지 나도록 두들겨 맞은 것이 어제처럼 선명했다.

한데 올칸은 이미 그런 치욕 따위는 깡그리 잊은 듯, 아니 오히려 그 일을 자랑스러워하는 것 같지 않은가?

그때, 전신이 네모반듯한 근육질의 거한, 황혼의 리더 생도 '야생마'가 나타나 더 우람한 가슴 근육을 씰룩였다.

"올칸아 올칸아, 뇌까지 근육으로 차올라 버린 올칸아. 넌 여전히 멍청하기 짝이 없구나?"

"뭐야?"

피식.

"잘 생각해 봐라. 아직 하이렌시아가의 방계 성을 하사받지 않은 나와는 달리 너는 받지 않았냐? 이미 넌 하이렌시아가의 사람이나 다름없는데 '우리' 대공자께서 널 과연 받아들이실까?"

"개소리! 너도 하이렌시아가의 방계 성을 약속받은 것은 마찬가지다!"

"응, 이미 받은 것과 '예정'은 달라. 난 아직 거부할 수 있는 기회가 있고 넌 이미 물 건너간 거지."

"다, 닥쳐라!"

하이베른가의 대공자에게 치욕적인 패배를 당한 황혼의 두 기사 생도들이 서로 자신이 잘났다고 우기는 웃지 못할 풍경.

"대, 대공자님이다!"

"기수 쟁탈전의 승리자이시다!"

루인이 마법학부 기숙사의 정문에서 천천히 걸어 나오고 있었다.

황혼의 기사 생도들이 일제히 루인을 바라본다.

열망으로 이글거리는 눈동자들.

루인이 담담한 표정으로 생도복 상의에서 서류 하나를 꺼내며 입을 열었다.

"공표한다."

꿀꺽.

대공자의 단 한마디.

예전부터 느꼈지만 그의 목소리에는 도저히 표현할 수 없는 힘이 담겨 있었다.

항거할 수 없는, 그리고 절로 가슴이 들끓는.

"이미 너희들도 들었다시피 하이베른가는 왕립 아카데미의 기사 생도들을 후원할 것이다."

"우오!"

"그, 그 후원! 바, 받고 싶습니다!"

루인이 더욱 엄정한 표정으로 말했다.

"후원 생도에게 우리 하이베른가가 선사하는 혜택은 총 세 가지다. 첫 번째—"

꿀꺽.

긴장감이 몰아친다.

"베른가의 사자기사단, 금린사자기 아래 전장을 누빌 수 있는 기회다."

두근두근!

황혼의 기사 생도들은 하나같이 미칠 듯이 가슴이 뛰기 시작했다.

하이베른가의 사자기사단!

기수의 금린사자기를 호위하는 최고의 근위 기사단, 왕국의 초대 역사부터 존재해 온 전설적인 기사단이었다.

역사 속에서 이룩한 명예와 명성을 따진다면 왕실 기사단보다도 더욱 드높다.

기사를 꿈꾸는 이라면 사자기사단의 명성 앞에서 가슴이 뛰지 않을 이는 없는 것이다.

"두 번째, 사자검술(獅子劍術)을 배울 기회다."

올칸이 두 눈을 부릅뜨며 경악했다.

"마샬 워 소드(Martial War Sword)를 말입니까!"

"그렇다. 직계 혈족에게만 허락된 후반의 비전검술을 제외한 모든 마샬 워 소드를 경험할 수 있을 것이다."

"우오오오!"

"저, 정말입니까!"

사자검, 마샬 워 소드는 천년 북부의 전설이자 왕국의 신비.

그런 꿈만 같은 중검의 정수, 전설적인 사자의 검술을 배울 기회라니!

기사 생도가 꿈꿀 수 있는 최고의 기회 앞에서 황혼의 생도들은 전율할 수밖에 없었다.

"세 번째, 아티펙트 무구를 지원한다. 참고로 이건 하이베른가 대공자로서의 내 개인적인 지원이다."

"아, 아티펙트!"

ㅊㅊㅊㅊㅊㅊ-

곧장 소환되는 헬라게아.

루인은 무수한 마계의 유물들 중에서 하급 마졸들이 사용했던 몇몇 갑주와 무기들을 꺼냈다.

철컥-

루인의 부유 마법에 의해 공중에 뜬 채로 영롱한 자태를 드러내고 있는 은은한 적광의 갑주.

"이건 대마법 방어 주문이 룬(Rune)으로 새겨진 일종의 안티 매직 아머다. 5위계 이하의 모든 마법을 상쇄할 수 있지."

"5위계!"

"아, 안티 매직 아머라니!"

안티 매직 아머는 모든 기사들에게 절대적인 가치를 지닌 무구.

전장에서 대량으로 전사자가 발생하는 이유는 대부분 마장기(魔裝機)와 원소 마법사의 마법에 의한 것이었다.

그래서 안티 매직 아머는 값을 매길 수 없는, 사실상 부르는 게 값인 상황이었다.

제작에 소모되는 재료들이 워낙 희귀할뿐더러 그런 마법 무구를 제작할 수 있는 마도학자들 또한 극소수였기 때문.

게다가 5위계의 마법까지 막아 준다는 것은 그런 안티 매직 아머 중에서도 최상위의 아티펙트란 뜻이었다.

철컥-

그다음 루인이 헬라게아에서 꺼낸 것은 칙칙한 빛깔의 가죽 신발이었다.

"경량화(Lightweight) 술식이 룬으로 새겨진 신발이다. 몸 무게를 절반 이상으로 줄여 주는 효과를 내지. 도약력과 스피드를 비약적으로 상승시키는 아티펙트다."

촤르르-

"이건 윤활(Grease)의 술식과 안티 샤프(Sharp)의 술식이 새겨져 있는 체인 메일이다. 윤활 마법은 다양한 공격 상황에서의 생존력을 높여 준다. 당연히 안티 샤프 술식 또한 스피릿 오러를 제외한 모든 창칼의 날카로움을 방어할 수 있다."

우우웅-

"아공간 배낭이다. 이 작은 가방의 내부는 거의 작은 방 하나의 부피를 자랑하지. 당연히 경량화 술식도 걸려 있다. 이 가방에 몽땅 보급품으로 채워 넣는다면 수개월을 거뜬히 버틸 수 있을 것이다."

이어진 장장 한 시간 동안의 아티펙트 소개.

이쯤 되자 황혼의 기사 생도들은 정신을 차릴 수 없을 지경이었다.

루인이 소개한 아티펙트들은 하나같이 쉽게 가치를 매길 수 없는 명품 중의 명품.

대부분 기사의 생존력을 비약적으로 상승시켜 주는 아티펙트들이었고, 당연히 기사 생도들로서는 욕망으로 번들거릴 수밖에 없었던 것이었다.

"대체 저희가 어떻게 하면 하이베른가의 후원을 받을 수 있는 겁니까!"

"제발! 저를 선택해 주십시오!"

"저도!"

"존경드립니다! 칼날 지배자이시여!"

루인의 눈빛이 매섭게 빛난다.

"방금 칼날…… 운운한 기사 생도는 내 후원 기준에서 탈락이다."

"아아아! 왜입니까?"

"기분이 매우 나빴다."

"이, 이건 메모다!"

혹시라도 까먹을까 봐 품에서 필기구를 꺼내 맹렬히 손바닥에 메모하기 시작하는 황혼의 기사 생도들.

루인이 다시 황혼의 기사 생도들을 굽어본다.

"첫째 후원 기준은 기사로서의 실력이겠지. 하지만 그게
다는 아니다."

"예?"

"왜죠?"

하이렌시아가 후원 생도를 선발했던 기준은 오로지 실력
이 전부였다.

최소 5성 기사는 되어야 그들의 눈에 들 수 있었던 것이다.

"하이베른가는 기사도를 중시한다. 그러므로 너희들의 행
실을 첫 번째로 보겠다."

"해, 행실?"

"예? 행실이라니요?"

두 눈을 멀뚱멀뚱 뜨며 이해하지 못하겠다는 듯한 반응들.

루인이 생도복 상의의 포켓에서 다른 서류 뭉치를 꺼냈다.

이어진 루인의 일장 연설에, 생도들의 얼굴이 점점 일그러
지기 시작했다.

"황혼의 기사 생도 디라노. 마법학부의 여생도 로아나를
지속적으로 추행했군. 모멸을 느낄 만한 성희롱도 다수. 심
지어 여생도 로아나가 피해 다니자 명백히 저열한 목적의 스
토킹까지."

저 뒤편에서 듣고 있던 디라노가 경악성을 내질렀다.

"으, 음모입니다! 모함입니다!"

"기각한다. 목격한 증언자들의 진술이 완벽히 일치한다.

17

원한다면 그녀의 심리상담을 담당했던 디다데오 교수의 증
언을 이 자리에서 틀 수도 있다."

루인이 웃으며 음성 마법 아티펙트를 주머니에서 꺼내 흔
들어 보이자 디라노의 얼굴이 창백해졌다.

"황혼의 기사 생도 구켄타. 넌 마법 생도 헨리와 기숀에게
정기적으로 상납을 받았군. 왕국과 시민을 지켜야 할 자가 도
리어 빼앗다니. 이런 상습 편취야말로 기사로서의 가장 최악
의 자질이다."

구켄타가 소리친다.

"그, 그건 잠시 빌린 겁니다!"

루인이 어처구니없다는 듯 구켄타를 바라본다.

"정기적으로 원금과 이자를 갚는다는 말은 들어 본 적이
있어도 한 번도 갚지도 않고 3년 내내 정기적으로 빌릴 수 있
다는 건 살면서 처음 듣는 소리군. 세상은 그런 걸 금전대차
(金錢貸借)라 하지 않아. 갈취라고 하지."

"……."

"황혼의 기사 생도 다도스—"

루인이 말을 하다 말고 인상을 찡그린다.

내용이 사실인지 의심스러울 정도로 악랄해서 차마 공개
적으로 공표할 수도 없는 수준이었다.

당장 퇴교를 당한다고 해도 문제가 되지 않을 지경.

루인이 다도스의 서류를 구겨 버렸다.

"넌 기사가 아니라 쓰레기다."

루인은 하이베른가의 일원이었기에 기사의 생명이라 할 수 있는 명예를 함부로 재단하지는 않는다.

그럼에도 서슴없이 쓰레기라 매도할 수 있는 명백하고도 추악한 증거가 있었다.

그래서 저 다도스가 말없이 고개를 푹 숙이고 있는 것이다.

"그리고 윌리아스 너는……."

황혼의 기사 생도들이 그동안 벌이고 다녔던 행위를 들추는 일은 아티펙트 무구 소개 때보다 더욱 길게 이어졌다.

과연 그동안 당했던 게 서러웠는지 마법학부의 선배들은 악착같이 후배 피해자들의 증언들을 모아 왔다.

얼마나 치밀하고 열정적으로 모아 왔는지 양도 양이지만 증거의 디테일이 상당한 수준이었다.

황혼의 기사 생도들은 움직일 수 없는 증거들 앞에서 하나같이 고개를 푹 숙일 수밖에 없었다.

루인의 말이 끝냈을 땐 거의 대부분의 생도들이 고개를 들지 못하고 있었다.

"이런 놈들이 기사라니. 정말 가관일 노릇이군."

루인의 예상을 아득히 벗어난 수준.

"내 기준에서 하이베른의 후원을 받을 수 있는 생도는 지금의 너희들 중 아무도 없다."

"아아……."

이렇게 포기하기에는 이미 봐 버린 것이 너무 많았다.

하이베른가의 검술을 배울 수 있는 기회.

거기에 무수한 명품 아티펙트들의 향연까지.

그때, 황혼의 기사 생도들이 갑자기 일제히 무릎을 꿇으며 절규를 토해 냈다.

"저, 저희가 어떻게 하면 되겠습니까!"

"제발 기회를 주십시오!"

기숙사로 돌아가던 루인이 물끄러미 뒤를 바라본다.

"내게 갱생을 보여라."

"예?"

"……갱생이요?"

씨익.

"굳이 설명하진 않겠다. 기사로서 스스로 죄를 느끼며 갱생하라. 합당한 판단은 나중에 할 것이다."

루인의 엄청난 중력 마법과 마력 개방에 의해 정신을 잃었던 하이렌시아가의 대공자 크라울시스.

그가 겨우 깨어났을 땐 일주일도 넘게 시간이 흐른 후였다.

크라울시스가 격통에 미간을 찌푸리며 힘겹게 눈을 떴다.

희미한 시야, 얼룩져 있던 한 사람의 얼굴이 점차 또렷해진다.

"아버지……."

"계속 누워 있거라."

"……."

화를 낼 줄 알았던 아버지가 의외로 담담한 표정이었다.

크라울시스는 도저히 아버지의 시선을 마주 바라볼 수가 없었다.

"죄송합니다……."

"됐다."

이 세상엔 가끔 도저히 설명할 수 없는 괴물이 출현한다.

모든 상식과 체계를 무시하는, 어떤 해석도 불가능한 희대의 천재.

하이베른가의 대공자는 그런 종류의 인간이었다.

그런 무시무시한 괴물과 자신의 아들을 동일한 잣대로 비교하는 것.

욕심 때문에 아들을 열등감으로 피폐해지게 만들 순 없다.

그건 아들의 삶을 시궁창에 내던지는 행위.

사람은 할 수 있는 걸 해야 한다.

환상검제 레페이온은 어리석은 사람이 아니었다.

"몸은 좀 어떠냐."

"……괜찮습니다. 기수 쟁탈전은 어떻게 됐습니까?"

"패배했다."

"예?"

대공자 크라울시스는 잠시 생각이 이어지지 않았다.

알칸 제국 출신의 검산(劍山)은 자신이 아는 한 최강의 무력을 지닌 기사였다.

아직도 그가 가문 내 최고의 기사인 천 개의 환영, 율펜과 대결했던 광경을 잊을 수 없었다.

전율적인 투기, 마르지 않는 스피릿 오러 세례.

환상적인 선의 향연, 검산의 검술.

지극히 단순하지만 그 파괴력은 검술의 모든 체계와 상식을 부수는 것이었다.

초인의 세계를 엿본 당시의 광경은 크라울시스의 생애에서 가장 충격적인 장면이었다.

"……카젠 대공이 그 정도로 강합니까?"

"검산의 상대는 카젠이 아니었다."

초인을 상대할 수 있는 기사가 하이베른가에 더 있다니?

불길한 예감, 상상도 하기 싫은 인물이 떠오르자 크라울시스가 가늘게 몸을 떨었다.

"베른가의 대공자는 아니겠지요……?"

레페이온이 한참이나 뜸을 들이더니 담담하게 대답했다.

"그가 맞다."

"예?"

"베른가의 대공자. 그가 카젠의 대전사였다."

온몸을 벌벌 떠는 크라울시스.

두려움과 분노, 수치심과 패배감.

온갖 감정이 교차하며 구겨진 그의 표정이란 마치 악마 같았다.

"그뿐만이 아니다. 데오란츠가 우리를 배신했다."

"예? 그게 무슨……?"

담담하게 기수 쟁탈전에서 일어났던 일들을 모두 설명하는 레페이온.

이미 검산을 돌려받는 일을 합의한 국왕이 갑자기 태도를 바꿔 베른가에게 힘을 실어 줬다는 말을 들었을 때.

크라울시스는 통증도 잊고 거칠게 일어나고 말았다.

"그게 말이 됩니까! 크윽!"

르마델의 국왕은 이미 오래전부터 하이렌시아가의 꼭두각시.

"그뿐만이 아니다."

"또…… 뭐가 남았단 말입니까?"

"놈이 아카데미를 장악했다."

"아카데미요?"

아카데미의 생도들에게 후원을 천명한 하이베른가.

미끼로 내건 사자기사단과 사자검술, 거기에 엄청난 가치를 지닌 아티펙트들이 아버지의 입에서 우르르 쏟아져 나오자.

"대체 베른가는 그런 엄청난 전투 보조형 아티펙트들을 어디서 구한 겁니까?"

르마델 왕국은 알칸 제국이나 남부의 왕국들에 비해 마법적 역량이 현저히 떨어지는 국가.

마탑의 규모도 가장 작은 편에 속했고, 특히나 마도학자의 수가 절대적으로 부족한 상태였다.

당연히 아버지가 언급했던 아티펙트 중 하나만 왕국에 나타나도 보이는 족족 마탑의 연구실로 흘러들어 갔다.

알칸 제국의 것과 비슷한 수준의 아티펙트들을 제조하려면 최대한 연구를 해야만 하는 것이다.

당연히 일반 기사들에게 돌아갈 전투 보조형 아티펙트 따윈 존재하지 않았다.

대귀족가의 유력 직계, 기사단장, 용병대장 정도가 아니라면 아티펙트를 평생 구경조차 할 수 없는 것이 현실.

알칸 제국은 전투 보조형 아티펙트들의 제조 비밀을 국가 전략 자산으로 규정하고 철저하게 통제하고 감시했다.

아티펙트 보급은 그들이 제국이 될 수 있었던 원동력이기 때문이었다.

"절대 정상적인 방법으로 들여온 아티펙트들이 아닐 테지. 알칸 제국과 교류하는 암거래상들을 모조리 조사할 작정이다."

크라울시스는 그게 더 이해가 되지 않았다.

암거래란 기본적으로 웃돈 거래다.

원래도 그 엄청난 가치 때문에 천문학적인 가격일 텐데, 그걸 웃돈을 더 얹어 매입을 한다고?

"그게 베른가에게 가능한 일입니까?"

그 비대한 기사 병력을 유지하는 것만으로도 베른가는 모든 역량을 쏟아붓고 있었다.

더욱이 베른가를 장악한 수뇌부들 역시 죄다 부패한 자들.

얼마 전, 대규모 숙청 소식이 들려오긴 했지만 그래 봤자 채 1년도 지나지 않은 상황이었다.

영지의 재정이 넉넉하지 않은 상황에서 부(富)를 축적할 시간이 턱없이 부족했을 터였다.

"가능의 여부는 중요하지 않다. 중요한 건 이미 벌어진 일이라는 것이지."

"……."

크라울시스가 입을 다물자 레페이온이 에어라인의 왕성을 응시했다.

"또한 저 데오란츠가 갑자기 흑심을 품은 것도 베른가의 대공자와 관련이 있을 것이다."

"그건 너무 과한 가정입니다."

"확신할 수 있느냐?"

"근거가 부족한 건 아버지도 마찬가지지 않습니까?"

크라울시스의 말대로 근거는 없다.

그러나 기원제 기간 내내 대공자를 경험한 자신만이 느낄 수 있는 감(感)이 있다.

왕국의 모든 노련한 귀족과 대신들을 장악해 오며 길러진 육감.

그 감이, 베른가의 대공자가 사자의 가문에서 일어나고 있는 모든 일들의 실체라 말하고 있었다.

"대공자는 회복하는 즉시 아카데미에 입학하라."

"예? 갑자기 그게 무슨……."

"그것까지 가르쳐 줘야 하는 것이냐?"

"……."

레페이온의 미간이 조여든다.

이내 그의 눈빛이 차갑게 빛났다.

"시간이 흐르면 흐를수록 아카데미의 기사 생도들은 우리 가문보다 베른가의 후원에 목맬 것이다."

"그럴 리야 있겠습니까? 고작 아티펙트 하나로……."

르마델 왕국에서 하이렌시아가의 영향력은 절대적이다.

군부 내에 자리를 잡든 정치계에 입문을 하든 하이렌시아가를 통하지 않고는 어떤 일도 도모할 수 없는 것이다.

"고작? 고작이라고 했느냐?"

"그렇지 않습니까? 아티펙트만으로 세상을 살아갈 수 있는 것도 아니고…… 적어도 이 왕국 내에 자리를 잡고 싶다면 우리 하이렌시아를 통하지 않고서는 불가능한 일입니다."

처음으로 레페이온은 아들을 향해 한심하다는 듯한 얼굴을 했다.

"다시 묻겠다. 놈이 아티펙트만 약속했느냐?"

"아······!"

"놈이 약속한 건 사자의 검술과 사자기사단이다. 아티펙트는 부차적인 문제지."

"······."

"죽을 자리라는 걸 알고도 군주의 손짓 한 번에 일말의 망설임 없이 전장으로 뛰어든다. 그게 기사라는 족속들이다. 그런 자들의 머릿속에 과연 출세가 전부겠느냐?"

"······아닙니다."

"기사가 지닌 신념과 명예욕을 가볍게 보지 말거라. 그리고 너는 인간의 물욕을 참으로 우습게 보는구나. 특히나 전장의 위기 상황에서 목숨을 부지할 수 있게 만드는 아티펙트다. 기사들에겐 천금을 주고도 맞바꾸고 싶은 물건이지."

레페이온이 다시 표정을 풀었다.

"다시 묻겠다. 과연 너라면 어떤 선택을 하겠느냐?"

금린사자기 아래 전장을 누빌 수 있는 명예, 그리고 사자의 검술과 값비싼 아티펙트.

하이렌시아가가 제시하는 출세의 삶에 결코 모자람이 없다.

"······제가 생각이 짧았습니다."

"아카데미로 가거라. 생도들의 동요를 막고 베른가의 동태를 살피거라."

"예. 아버지."

차분한 눈빛, 하지만 레페이온의 동공이 조금씩 흔들리고 있었다.

"아카데미의 빼어난 인재들을 지속적으로 영입할 수 없다는 건 본 가를 지탱해 온 뿌리가 흔들리는 일과 같다."

"명심하겠습니다."

레페이온이 집사를 호출했다.

"집사."

임시 대공저의 문 앞에서 대기하고 있던 렌시아가의 집사가 다가와 공손히 허리를 숙였다.

"예, 가주님."

"대공자에게 환상고(幻象庫)의 출입을 일시적으로 허가한다."

"준비하도록 하겠습니다."

눈을 부릅뜨는 대공자 크라울시스.

"아버지……?"

"가문의 보물을 모두 동원해도 좋다. 감히 재물로 본 가를 도발한 그 대공자 놈에게 본때를 보여 주도록."

하이렌시아가가 쌓아 온 재물의 성(城)이라면 이 르마델 왕국을 모두 사고도 남는다.

대공자 크라울시스의 눈빛이 자신감으로 불타올랐다.

◆ ◆ ◆

새벽 달리기 수련을 위해 기숙사에서 나오던 루인 일행.

하지만 그들은 훈련장을 향한 발걸음을 더 이상 이어 가지 못했다.

"와…… 이게 다 뭐야?"

"망측해."

달랑 팬츠 한 장만 두르고 웃통을 깐 근육 괴물들이 연신 근육을 출렁이며 마법학부의 앞마당을 쓸고 있었다.

먼지 하나 없이 깨끗이 치워진 계단.

잡초 하나 없이 완벽히 정리된 화단.

블록 타일의 사이사이에 낀 때까지 그야말로 완벽하게 닦아 놓았다.

가히 눈이 부실 지경이었다.

"이, 이게 하루 만에 가능한 일인가?"

멍해진 시론.

밤을 새며 청소를 했어도 이런 광경을 만드는 건 쉽지 않을 것이다.

가히 인간의 집착이 아니었다.

-기침하셨습니까! 대공자님!

자신을 향해 일제히 근육을 출렁이며 허리를 숙이는 황혼
의 기사 생도들을 무심히 바라보고 있는 루인.

한겨울인데도 온몸에 땀이 그득하다.

근육 괴물들의 몸에서 뿜어져 나오는 뜨거운 김.

얼마나 열심히 청소를 했을지 단숨에 느껴진다.

씨익.

"고생이 많군."

-아닙니다! 대공자님!

루인이 기사 생도들을 향해 손을 휘휘 저으며 걸어갔다.

생도들이 그런 루인을 따라 조심스럽게 근육 괴물들의 틈
으로 걸어갔을 때.

새벽 일찍 기숙사를 나섰던 리리아가 돌아오고 있었다.

리리아를 발견한 루이즈가 루인을 바라봤다.

〈 리리아가 돌아오고 있어요. 〉

리리아는 루인의 앞에서 걸음을 멈추었다.

"가문으로 간다고 하지 않았나?"

"아카데미의 생도는 공간 이동탑을 쓸 수 없다더군……."

"뭐?"

다프네가 아차 하는 표정을 했다.

"아 맞다! 맞아요! 그런 규정을 본 적이 있어요!"

"규정?"

"네. 아카데미 생도는 왕국의 전략 자산으로 규정되어 있거든요. 왕법상 전시가 아니면 왕국의 전략 자산을 공간 이동탑으로 운송할 수 없는 거죠."

시론이 당황해하며 물었다.

"우리가 전략 자산이라고? 아니 살아 있는 사람을 보급품 취급하다니 그게 말이 되냐?"

"규정이 그래요. 높은 분들께서 정해 놓은 왕법을 우리가 어떻게 할 순 없잖아요."

사실 르마델 왕국뿐만 아니라 대부분의 국가에서 아카데미 생도들은 전략 자산 취급을 받는다.

아카데미 생도들은 나라의 동량이자 미래였지만 국가의 투자에 보답해야 하는 자산이기도 한 것이다.

"그럼 어떡해? 역시 마차로 가야 하나? 최소 몇 주는 걸릴 텐데…… 언니가 많이 아파?"

세베론의 걱정스런 물음에 리리아는 아무런 대답도 하지 않았다.

잠시 고민하던 루인이 담담하게 입을 열었다.

"최대한 두꺼운 옷을 세 겹 정도 껴입어라."

루인의 그 말에 리리아는 즉시 커다란 짐 가방을 열어 두꺼운 코트를 몇 벌 꺼냈다.

역시 그녀는 별다른 의문이 없었다.

그만큼 루인을 신뢰하고 있는 것이다.

외투를 계속 껴입자 리리아는 팔이 약간 들린 채로 엉거주춤 서 있을 수밖에 없었다.

생도들은 그런 리리아의 귀여운 모습에 풋 하고 웃음을 터뜨렸다.

"귀여워!"

"펭귄 같다 리리아!"

입술을 깨무는 리리아.

"……시끄럽다."

루인이 갑자기 생도들을 돌아본다.

"내가 없더라도 수련은 쉬지 마라."

"응? 갑자기 그게 무슨 소리냐?"

시론이 당황하며 고개를 갸웃거리고 있을 때.

ㅊㅊㅊㅊㅊㅊ-

헬라게아가 열린다.

루인의 손엔 피가 뚝뚝 떨어지고 있는 괴생명체의 흉측한 꼬리가 들려 있었다.

"꺄아아아아악!"

"그, 그게 뭐냐 도대체!"

리리아를 바라보는 루인.

"업혀라."

"……뭐?"

"긴말하기 싫다. 보는 눈이 너무 많아."

어둠의 기운이 가득한 혼돈마(混沌魔)의 꼬리다.

이른 새벽이 아니었다면 꺼낼 수도 없었을 것이다.

"다프네. 내가 떠나면 주변 마력의 잔재를 지워라."

"떠, 떠난다니 그게 무슨 소리죠?"

리리아가 루인의 등에 올라탔을 때.

파아아아아앙-

거친 풍압과 함께 루인이 사라졌다.

"……."

"……."

"……."

현실을 인지하지 못하는 생도들.

저 멀리 까맣게 점으로 변한 루인을 멍하니 응시하며 시론
은 자리에 주저앉고 말았다.

황혼의 근육 사내들도 일제히 빗자루를 떨어뜨렸다.

◆ ◈ ◆

고즈넉한 평원 위에 자리 잡은 대저택.

꽤 먼 거리임에도 저택의 정원에 우뚝 솟아오른 마도사 드 리미트의 동상이 한눈에 보인다.

루인이 그런 어브렐가(家)를 담담히 바라보고 있을 때 리리아의 목소리가 들려왔다.

"……너 몸을 녹여야겠다."

리리아가 새파랗게 변한 루인의 얼굴을 바라보며 입술을 깨물고 있었다.

그러나 루인은 묵묵히 헬라게아를 소환해 혼돈마의 꼬리를 밀어 넣을 뿐 가타부타 말이 없었다.

"……."

가만히 서 있는 것만으로도 절로 몸이 오들오들 떨려 오는 혹한의 계절이었다.

그런데 루인은 피부가 찢기는 듯한 그런 세찬 바람을 맞으면서도 한 번도 쉬지 않았다.

그래서 리리아는 세 개의 산맥을 넘을 동안 루인이 손에 쥐고 있던 괴생명체의 꼬리에 대해 물을 수가 없었다.

"괜찮다. 이런 추위쯤은."

리리아가 살리고 싶은 가족의 목숨이었다.

그 절절한 마음을 누구보다 잘 알고 있기에 망설이지 않았다.

회귀에 성공한 자신이 가장 먼저 했던 행동 역시 아버지를 살리는 일이었으니까.

그래서 루인은 무리를 해서라도 그녀를 도와주고 싶었다.

생도들이 보는 앞이라 다소 마음에 걸리긴 했으나 이제 하이베른가의 대공자라는 사실이 모두 공개된 마당.

더 이상 자신은 생도들이 함부로 흑마법사로 몰아갈 수 있는 존재가 아니었다.

또한 자신의 친구들과 하이베른가의 후원을 갈구하는 황혼 녀석들이 그럴 이유도 없었다.

"이곳에서 기다리고 있겠다."

루인의 그 말에 리리아는 망설이는 기색이었다.

"시간이 오래 걸릴지도 모른다."

"그래. 심상 수련을 하고 있겠다."

곧바로 아무렇게나 바닥에 앉아 이미지를 시작하는 루인.

리리아는 그런 루인에게 질려 버렸다.

이 차디찬 평원의 중심에서 마법사의 이미지라니.

리리아는 추위에 새파랗게 질려 있는 루인을 도저히 그냥 두고 갈 수 없었다.

"함께 가자."

루인이 말없이 리리아를 올려다본다.

자신은 더 이상 일개 아카데미 생도가 아니었다.

자신의 행보 하나하나에 많은 정치적 해석이 덧씌워질 수 있었다.

하이베른가의 대공자가 어브렐가를 방문하는 순간 온갖 소문과 억측이 난무하게 될 것이다.

어브렐가로서는 난처한 상황이 발생할 수도 있는 것이다.

"네 가문이 렌시아가의 핍박을 받을 수 있다."

어브렐가는 중부의 대귀족가다.

왕국에 이름난 용병대들과 매우 밀접한 관계를 유지하고 있는 정통의 세력가.

중부의 용병대들을 장악하고 있는 그런 대귀족에게 루인이 방문한다는 것은 세력을 확장하려는 하이베른가의 의도로 읽힐 수 있었다.

당연히 렌시아가가 그 일을 가만히 지켜볼 리 만무했다.

리리아가 입술을 삐죽인다.

"상관없다."

루인은 마치 고집을 피우는 아이 같은 리리아의 행동에 피식 웃음이 터져 나왔다.

이럴 때 보면 영락없는 어린 소녀다.

하지만 정치적인 계산 없이 그저 가슴이 시키는 대로 살아가기에는 왕국의 권력 지형이 너무 험했다.

"너로서도 좋은 일 아닌가? 본 가는 중부의 용병대들을 장악하고 있다. 아버지와 협상하여 그들을 네 가문의 권속처럼 부릴 수 있다면 네 가문에 큰 힘이 될 텐데."

"뭐⋯⋯?"

루인은 자신이 잠시 오해했다는 것을 깨달았다.

리리아는 아이가 아니었던 것이다.

"우리 아버지는 감정적인 분이 아니다. 지극히 현실적인 분이지. 하이베른가가 적당한 조건을 제시한다면 충분히 협상이 가능할 거다."

루인이 묘한 얼굴을 했다.

"그 조건으로 혼인 동맹을 요구해도 괜찮은 것이냐?"

"……혼인?"

피식.

"귀족가들끼리의 거래에서 혼인보다 더 강력한 믿음의 징표는 없다. 네 아버지가 내게 혼인 동맹을 요구한다면 난 어떻게 해야 되지?"

"누, 누구하고……."

루인이 반문했다.

"누구긴. 너와 나겠지. 이미 함께 아카데미를 다닌 인연도 있겠다, 데리고 온 사람도 너겠다, 충분히 엮으려고 할 것이다."

"아아……!"

생각지도 못한 상상에 리리아의 혈색이 순식간에 붉어진다.

한데, 그런 그녀의 표정에서 묘한 의문이 떠올랐다.

"너는…… 괜찮은가?"

잠시 생각에 잠겨 있던 루인이 무심하게 대답했다.

"뭘 얻을 수 있느냐에 따라 다르겠지. 네 말대로 어브렐가의 가주께서 중부 용병대들을 움직일 수 있는 힘을 제안한다면 충분히 고려해 볼 만한 조건이다."

"조건······?"

루인이 얼굴을 찌푸렸다.

"설마 너, 귀족가들끼리의 혼인 동맹에 무슨 감정이나 사랑, 그런 걸 상상하고 있는 건 아니겠지?"

"······."

말없이 입술을 깨무는 리리아.

"혼인 동맹은 말 그대로 그냥 동맹이다. 결혼은 동맹의 결속력을 상징하는 수많은 요건의 하나일 뿐이지."

루인이 천천히 일어난다.

"나 역시 그런 귀족가들끼리의 거래에 감정을 섞을 생각은 없다. 그 정도 각오도 없이 함부로 하이베른가의 대공자를 가문에 들일 생각은 마라."

깊게 가라앉은 동공, 감정을 읽을 수 없는 루인의 눈빛에 리리아는 아무런 말도 할 수 없었다.

전에도 느꼈지만 루인은 대공가의 대공자로서 입장을 전할 땐 언제나 서슬 푸른 칼날처럼 냉철하고 도도했다.

아카데미에선 누구보다도 감정적으로 굴었던 그였기에 리리아로서는 당황스러울 만도 한 것이다.

"……가자."

그런 리리아의 행동에 루인의 눈이 금방 호기심으로 물들었다.

일부러 모질게 겁을 주었는데도 함께 가자고?

"권력 놀음. 귀족 간의 거래. 그딴 거 전부 다 관심 없다."

먼저 걸어가는 리리아.

"내 눈엔 그저 내 목숨을 구해 준 친구가 추위에 떨고 있을 뿐이다."

루인이 씁쓸하게 웃다가 그녀를 따라나섰다.

그녀의 마음이 모진 풍상을 겪으며 닳고 닳는다면 저 순수한 마음도 언젠가 빛이 바랠 것이다.

그러나 지금은 그저 리리아의 순수(純粹)를 응원해 주고 싶었다.

한때나마 대마도사도 그런 시절이 있었으니까.

하이베른가의 대공자가 방문했다는 소식에 어브렐가의 하인들이 분주해졌다.

본래 귀족가 간에 예고도 없이 방문하는 건 대단히 무례한 행동.

그러나 왕국의 대공가는 말이 달랐다.

더구나 기수 쟁탈전의 대전사로 나서서 마법으로 초인을 꺾은 하이베른가의 대공자라면 더욱더.

하이베른가의 대공자는 현 르마델의 귀족 사회에서 폭풍의 핵 같은 존재였다.

그런 대공자의 첫 행보가 어브렐가였으니 황망하면서도 한편으로는 기대를 품고 있는 것이다.

어브렐가에 도착하자마자 리리아는 언니의 병상으로 달려갔다.

루인은 응접실 홀에 홀로 남아 창밖의 전경을 바라보고 있었다.

"······."

어브렐가의 첫인상은 '회색'이었다.

모든 구조물과 장식물들의 색깔이 하나같이 어두운 잿빛.

건물, 벽난로, 방 전체, 심지어 정원의 꽃들까지 잿빛의 그레이플이었다.

도대체 왜 이렇게 극단적으로 회색에 집착할까 궁금했는데, 가만히 생각해 보니 회색이 상징하는 의미에 그 뜻이 숨어 있었다.

회색은 자연 상태나 생명의 속성에 반대되는 속성, 즉 인공물과 무생물을 상징한다.

마법에 뛰어난 재능을 타고나는 어브렐가의 혈족들.

하지만 용족의 저주, 멸화(滅禍)를 앓고 있는 그들은 생에 집착하면 할수록 그 삶을 갉아먹게 된다.

비생명, 죽음을 상징하는 잿빛을 시야가 닿는 모든 곳에 칠해서라도, 삶에 대한 인간의 집착을 끊어 내려는 처절한 몸부림인 것이다.

루인은 그런 어브렐가가 측은했다.

어떤 이유로 이들에게 용족의 피가 섞인 것인지는 알 수 없으나 분명 그것 또한 욕망의 결과일 것이다.

인간은 언제나 욕망에 잡아먹힌다.

그 욕망 때문에 인간의 세계는 멸망과 탄생을 수도 없이 반복한다.

역사를 통해 그 처절한 역사를 끊임없이 반복하면서도 인간들은 결코 변하지 않았다.

똑똑

응접실을 울려 오는 노크 소리에 루인이 자세를 고쳐 잡았다.

"들어오시게."

공손한 걸음으로 응접실에 들어온 어브렐가의 집사는 함부로 루인을 바라보지 않았다.

그는 바닥으로 시선을 내리깐 채 루인에게 다가가 제 주인을 마주한 것처럼 깊숙이 몸을 숙였다.

한눈에 보기에도 귀족가의 예법을 철저하게 배운 사람이었다.

"연회 준비가 모두 끝났습니다, 대공자님. 가주께서 기다리고 계시니 어서 걸음하시지요."

루인이 천천히 일어나자 어브렐가의 집사는 더욱 시선을 내리깔며 몸을 틀었다.

"저를 따라오시지요."

"고맙네."

루인은 집사의 안내에 따라 정원을 지나 어브렐가의 타워에 도착했다.

어브렐가의 타워 역시 잿빛 벽돌로 지은 건물이었다.

쿵-

끼이이이익-

육중한 타워의 문이 열리자 일단의 무리들이 루인의 시야에 들어왔다.

기다란 직사각형 테이블을 앞에 두고 어브렐가의 혈족들 모두가 자신을 바라보고 있었다.

루인이 그들의 시선을 담담히 받으며 타워의 내부로 진입했다.

어브렐가의 가주는 가장 드높은 자리, 가주의 권좌에 앉아 루인을 맞이하고 있었다. 금방 루인의 눈빛이 불처럼 타올랐다.

'건방진.'

하이베른가의 대공자는 금린사자기의 명예를 이을 존재.

한데도 감히 일어나지도 않고 가주의 권좌에 앉아 자신을 노려보고 있었다.

감히 자작 따위가 대공가의 명예를 대리하는 대공자를 도발하고 있는 것이다.

냉랭한 표정의 루인이 자신의 맞은편 자리에 앉자, 그제야 어브렐가의 가주, 레펜하이머의 무거운 입이 열렸다.

"드디어 그대를 보게 되는군."

레펜하이머는 루인이 헤이로도스 술식의 전승자라는 걸 알게 되었을 때부터 만나고 싶어 했다.

마도 가문으로서 최고의 영애라 할 수 있는 마법학회의 개최를 포기하면서까지 에어라인에 수도 없이 입천을 통보한 것이다.

하지만 학부장 헤데이안의 방해로 루인을 만나는 일이 번번이 무산되던 상황.

그런 루인이 이렇게 제 발로 찾아와 주니 그로서는 실로 반가울 따름이었다.

"헤이로도스의 전승자라는 것이 사실인가?"

서슴없이 이어지는 레펜하이머의 하대에, 루인은 리리아를 생각해 애써 참아 왔던 분노를 끝내 터뜨리고 말았다.

"레펜하이머 자작. 그대는 대공가가 우스운 것인가?"

레펜하이머는 루인의 그런 반응을 마치 예상이라도 했다는 듯 희미한 미소를 머금었다.

"그대는 아직 이 왕국의 귀족 명부에 공표된 귀족이 아니네. 아직 사교계에 데뷔도 하지 않은 그대가 어찌 귀족가의 법도를 말한단 말인가. 또한—"

"……."

"그대가 귀족가의 법도를 말할 거라면 정식으로 방문을 통보하고 본 가의 승낙 여부를 물은 후 시일까지 합의했어야만했다. 한데 그대는 그러지 않았지. 하면 대공가를 향한 예우가 필요 없다는 뜻이 아닌가?"

"……."

"그나마 기수 쟁탈전의 대전사로 나선 일로 그대의 신분이 확실해졌기에 갑작스럽게 연회를 마련한 것이네. 법도대로라면 우리는 그대를 불청객 취급해도 아무런 문제가 없지."

루인은 레펜하이머가 입을 열기 시작한 처음부터 비릿하게 웃고 있었다.

그의 머릿속이 훤히 보였기 때문이었다.

"돼먹지 못한 연기는 집어치우고 본심을 드러내라. 어브렐가."

"……연기?"

왕국의 역사에서 어브렐가는 북부의 하이베른가와 남부의 렌시아가 사이에서 끝까지 중립을 유지한 가문.

이들이 이렇게까지 자신만만할 수 있는 이유는 강력한 마도 군단과 엄청난 수의 용병들을 예로부터 거느리고 있었기 때문이다.

심지어 이들은 역사상 가장 화려한 성세를 구가하고 있는 지금의 렌시아가 앞에서도 도도하게 굴었다.

"나는 마법사라는 족속들을 잘 알아."

테이블 위에 화려하게 펼쳐진 만찬을 찬찬히 훑고 있는 루인.

"헤이로도스의 술식에 대한 욕망을 이렇게 온 마음에 드러내고 있는 주제에 굳이 나를 도발하는 이유야 간단하지."

잔잔히 웃기 시작하는 레펜하이머.

"그게 뭔가?"

씨익.

"나와 협상하기 전, 내 그릇을 시험하기 위함이다. 확신이 선다면 어브렐가가 동원할 수 있는 어떤 수단을 써서라도 헤이로도스의 술식을 확보하려 들겠지."

"호오……."

루인이 어브렐가의 혈족들을 둘러본다.

"그대들은 어브렐가 역사상 최초로 중립을 깨려 하고 있다."

루인과 레펜하이머가 서로를 바라보며 웃고 있었다.

"내가 무슨 실수를 한 건가?"

레펜하이머 가주의 질문에 루인은 자신을 타워까지 안내해 준 집사를 응시했다.

"귀족가의 집사들은 평생 주인을 보필한다. 그대의 눈빛, 한숨 소리, 그런 작은 몸짓을 살피는 것만으로도 그날의 심기를 헤아리는 인물이라는 뜻이지."

"……한데?"

"그런 어브렐가의 집사가 내게 보인 태도는 지나치게 극진했다. 몸의 치장 수준, 전체적인 예법, 특히 저자는 내 눈을 단 한 번도 바라보지 않았다. 주인을 대하는 듯한 그의 완벽한 시선 처리에 나는 확신할 수 있었지."

루인이 의미심장하게 웃는다.

"이 바보 같은 도발이 그대들의 진심이 아니라는 걸."

마주 웃는 레펜하이머.

"고작 집사의 태도만으로 이 레펜하이머의 마음을 헤아렸다?"

"물론 그게 다는 아니지. 또 다른 확신의 근거는 좌석 배치와 만찬의 상태다."

"좌석 배치? 만찬?"

루인이 테이블을 훑었다.

"아무리 가면을 쓰려고 해도 인간의 심리라는 건 그리 쉽게 감출 수 있는 게 아니지. 지금 그대와 나는 정확히 맞은편이다. 이야기하고 싶다는 뜻이지. 내가 어떤 인물인지 그대는 헤아리고 싶은 것이다."

"……."

"게다가 만찬의 구성도 북부의 진귀한 특산물로 가득하다. 나를 정말로 불청객으로 취급했다면 이런 값비싼 식재료는 말이 안 되지. 어브렐가가 아무리 돈이 많아도 평소에 먹는 일반식이 이 정도는 아닐 테고."

루인이 의자에 깊숙이 몸을 파묻으며 다시 레펜하이머를 바라본다.

"이제 말장난은 그만하고 가면을 벗어라. 어브렐가."

레펜하이머는 전율이 치밀었다. 하마터면 놀란 마음을 그대로 드러냈을 정도로.

집사의 태도와 테이블을 슬쩍 살핀 것만으로도 상대의 심리를 모두 꿰뚫어 보는 하이베른가의 대공자.

그 치밀함에 정말이지 소름이 돋았다.

이건 단순한 마법의 천재 따위가 아니다.

놀라운 지혜과 심기, 더불어 끝없이 당당한 대공가의 기백.

왕국의 기수 사자왕을 마주한 것 이상의 압박감이 밀려온다.

레펜하이머는 겨우 놀란 가슴을 추스르며 일단 가장 궁금했던 것을 물어보기로 했다.

"내 딸과는 어떤 사이인가?"

리리아를 통해 들은 이야기는 진실로 충격적이었다.

멸화(滅禍)의 치료를 가능케 하는 포션의 제조법.

이 대공자는 그걸 알고 있었다.

레펜하이머 가주가 하이베른가의 대공자와 협상하려는 건 동맹 따위가 아니었던 것이다.

"그대가 제조한 포션으로 내 딸 리리아가 목숨을 구했다고 들었네. 또한 레예나에게도 그 기회를 주었고."

루인은 그녀의 이름을 듣는 순간 리리아가 언니라 부르는 이는 어브렐가의 정실(正室)의 자식이라는 걸 알 수 있었다.

마법학부의 이명 생도, 설혼(雪魂) 레예스와 비슷한 발음의 이름이었기 때문.

레예스는 어브렐가의 권위를 이을 후계자.

루인은 리리아가 가문에서 겪어야만 했던 고초를 대략적이나마 예상할 수 있었다.

무심하게 대답하는 루인.

"친구 사이다."

"친구……?"

루인의 대답에 레펜하이머 가주의 표정이 조금은 부드러워졌다.

"하면 그 친구의 가문에 그대의 포션 제조법을 알려 줄 수 있겠는가?"

그제야 루인은 자신이 오해를 하고 있었다는 걸 깨달았다.

이 어브렐가의 혈족들, 그리고 레펜하이머 가주에게는 지금 헤이로도스의 술식이 문제가 아니었다.

가문의 저주, 멸화를 해결할 수 있는 포션의 제조법.

어린 혈족들을 죽음에서 구하기 위한 레펜하이머의 절박한 마음이 고스란히 느껴진다.

"그것 때문이었군."

가문을 온통 회색으로 색칠하면서까지 삶에 대한 집착을 끊어 내려 했던 것은 사실 어브렐가의 진심이 아니었다.

결코 해결할 수 없는 저주 앞에서, 그저 혈족들의 동요를 제어하기 위한 수단이었던 것.

루인이 웃었다.

"사람의 생명을 구하는 일인데 못할 건 없지."

내내 포커페이스를 유지하던 레펜하이머가 주먹을 불끈 쥐며 동요하고 있었다.

그의 강렬한 두 눈이 다시 루인을 직시했다.

"정말인가!"

어브렐가의 수백 년 마도 연구, 그 치열한 노력으로도 멸화의 저주를 푸는 일은 도저히 불가능한 일이었다.

그 저주의 굴레를 풀 수 있다고 생각하니 레펜하이머 가주는 금방 격동한 얼굴이 되었다.

"하지만 포션의 제조는 그대들에게 가능한 일이 아니다."

포션의 제조법을 가르쳐 주는 것과 만들 수 있는 건 전혀 다른 차원의 이야기다.

단혼(斷魂)의 시약은 이종 교배를 통해 권능을 쌓아 올린 마족들을 징벌하기 위한 '마계의 형벌의 도구'다.

이 세계의 백마법, 인간의 마도 지식으로는 제작이 불가능한 것이다.

무엇보다 가장 큰 문제는.

"펜리르의 눈물, 이그릴라드의 영혼 꽃잎, 화산 불새의 알, 마지막으로 성체 드래곤의 용마력. 이것이 배합식의 주요 재료들이다."

마계의 재료들과 최대한 비슷한 효과를 내는 인간계의 재료였다.

그중에서도 용마력은 루인의 불확실한 가정.

자신의 강대한 융합 마력과 최대한 비슷한 효과를 내려면 드래곤의 강력한 용마력 정도는 되어야 했다.

그것도 아니라면 초고순도의 마정이 필요한데, 아무리 어브렐가라도 그 정도 순도의 마정은 구하기가 힘들 것이다.

설사 자신이 마계의 마정을 준다고 해도 진마력을 추출하는 것은 사실상 불가능할 터.

역시 레펜하이머의 얼굴은 경악으로 일그러져 있었다.

루인이 언급한 첫 번째 재료부터가 말이 되지 않는 것이다.

"펜리르의 눈물……?"

펜리르는 실제 모습을 본 인간이 드물 정도로 환상 속에 존재하는 동물이다.

도도하기로 이름 높은 요정족, 그런 요정족의 우두머리인 하이엘프의 군주가 다루는 영수.

그 자존감 높은 하이엘프들이 극도로 혐오하는 인간들에게 펜리르의 눈물을 내어 준다?

그토록 소중히 여기는 영수를 슬프게 만들어 눈물을 짜내는 일 따위를 그들이 해 줄 리 만무했다.

게다가 이그릴라드의 영혼 꽃잎, 화산 불새의 알까지는 어떻게 구해 본다고 해도 드래곤의 용마력은 정말 말도 안 되는 난이도였다.

수백 년간 인간들에게 나타나지 않은 드래곤을 대체 어디서 수소문하며, 그런 드래곤의 협력까지 이끌어 낸다는 게 어디 쉬운 일인가?

이건 사실상 포션 제작을 포기하라는 말과 같다.

당연히 레펜하이머 가주로서는 의구심만 증폭될 수밖에 없었다.

"그대는 어떻게 그런 포션을 제작할 수 있었단 말인가?"

퉁명하게 대답하는 루인.

"나에겐 모든 재료들이 있으니까."

하이베른가의 대공자는 '있었다'도 아니고 '있다'라고 말하고 있다.

그 말은 아직도 재료가 남아 있다는 뜻.

하지만 의문은 여전히 해소되지 않았다.

51

"드래곤과도 친분이 있단 말인가?"

그 순간.

루인이 무심한 표정으로 염동력을 일으킨다.

우우우웅-

허공에 얽히기 시작하는 루인의 융합 마력.

강대하게 끓어오르기 시작한 루인의 융합 마력이, 출력의 최대치에 이르고 나서야 마력 잔상과 함께 서서히 흩어진다.

"대체……!"

레펜하이머 가주는 7위계의 마법사.

루인의 융합 마력에 담긴 말도 안 되는 거대한 기운을 느끼지 못할 리가 없었다.

물론 다른 어브렐가의 혈족들도 마찬가지.

"내겐 굳이 드래곤의 용마력이 필요하지 않지."

정말 말도 안 될 정도로 광활한 마력이었다. 인간임이 의심될 정도로.

레펜하이머 가주가 침을 꿀꺽 삼키며 마른 입술을 달싹였다.

"대체 어떻게 그 나이에……."

이게 정말 상식적으로 설명될 수 있는 일인가?

이제 고작 열일곱, 열여덟의 소년이다.

배 속에서부터 마법을 익혔다고 해도 이건 정말 말이 되지 않았다.

'헤이로도스의 마도(魔道)가 이 정도였단 말인가…….'

불가사의한 헤이로도스의 마법이 아니라면 도저히 설명될 수 없는 일.

눈앞에 앉아 있는 하이베른가의 대공자가 하이렌시아가의 초인을 꺾었다는 사실을 그는 이제야 피부로 실감하고 있었다.

"어떤 대가를 치르고서라도 그대가 보유한 재료들을 모두 어브렐가가 매입하겠네. 그리고 그대가 진실로 드래곤의 용마력을 대체할 수 있는 마법사라면……."

깊숙이 고개를 숙이는 레펜하이머 가주.

"……부디 어브렐가를 도와주게."

루인이 무심히 고개를 끄덕이다 어브렐가의 혈족들을 훑어본다.

"어떤 대가도 치르겠다라."

레펜하이머의 가주가 언급한 것은 분명 무한의 대가, 해석하기에 따라 매우 위험한 말이었다.

루인은 처음부터 생각했던 요구 사항을 담담하게 꺼냈다.

"내 요구는 간단하다. 그대들이 하이베른가의 권속이 되는 것."

수백 년간 중부에서 독자적인 세력을 구축하며 중립을 유지해 온 어브렐가.

지금 루인은 그런 어브렐가에게 동맹도 아닌 권속을 말하고 있었다.

권속(眷屬)이란 보통 한 가문에 충성을 맹세한 봉신가를 의미한다.

즉 지금 루인은 이들에게 하이베른가의 봉신가가 되어 달라고 강변하고 있는 것이다.

"허, 허허허!"

마도 명가 어브렐가는 르마델 왕국의 최상위 서열에 속한 대귀족가.

특유의 중립적인 성향 때문에 왕실과 렌시아가의 눈에 들지 못해서 작위가 낮을 뿐, 제 실력대로라면 후작 작위는 거뜬히 받아 낼 수 있는 가문이었다.

한데 레펜하이머 가주는 루인의 그런 말도 안 되는 제안을 제법 진지하게 생각하는 눈치였다.

그만큼 멸화의 저주를 극복하는 일을 중요하게 생각하고 있는 것이다.

"그대가 매단 저울의 추가 너무 무거워졌군."

합리적인 거래가 아니라는 말.

루인이 레펜하이머 가주를 향해 싱긋 웃었다.

"어디 구경 한번 해 보지. 그대가 매달고 싶은 무게 추를."

즉각적으로 대답하는 레펜하이머.

"권속을 받아들이겠네. 대신 내 딸 중 하나와 혼인해 줄 것을 제안하겠네."

금방 루인의 미간이 구겨졌다.

어떻게 된 게 이 귀족이라는 족속들은 자신의 예상을 단 한 치도 벗어나지 않는다.

그렇게 리리아를 향한 자신의 경고가 현실이 되자 루인은 자신의 무게 추를 바꿔 달기로 마음먹었다.

"혼인 말고도 가문 사이의 결속을 유지해 줄 다른 방안은 얼마든지 있다. 이를 테면—"

"하지만 혼인 동맹이 가장 쉽고 확실하지."

"……."

루인은 욱하고 치밀어 올랐으나 빌어먹게도 그 말에 반박할 수가 없었다.

그의 말대로 혼인 동맹은 가장 손쉬운 결속의 수단, 인류사에서 그보다 강력한 동맹의 징표는 존재하지 않았다.

"……내 말을 끝까지 들어라."

"혼인 동맹보다 더 확실한 게 있다면 말하게."

헬라게아를 소환하는 루인.

츠츠츠츠츠-

공간을 찢으며 나타난 헬라게아, 그 무시무시한 기운이 등장하자 마법사들인 어브렐가의 혈족들이 동시에 경악했다.

"이, 이게 무슨!"

"그, 그게 뭔가!"

마법사의 아공간이라기엔 너무 광대무변한 느낌.

영혼에 직접 마력이 투사되는 듯한 그 농밀한 마력의 잔향은 어브렐가의 혈족들이 평생 경험해 보지 못한 것.

이내 루인이 헬라게아 안에서 금괴 하나를 꺼내 테이블에 툭 얹어놓았다.

"어브렐가에게 재물을 선물하지. 재물은 혼인보다 더욱 강력한 약속의 수단이니까."

"재물?"

레펜하이머가 피식 웃었다.

어브렐가가 중부의 용병대들을 장악하고 움직일 수 있는 원동력이 바로 저 금(金)이다.

드높은 마도 지식으로 만든 아티펙트들을 유통하여 막대한 부를 축적하고 있는 어브렐가에게 감히 재물을 들먹이다니.

"역시 아직 어리시군. 이 어브렐가의 가주 앞에서 재물로 유혹하는 게 얼마나 무의미한지……."

츠츠츠츠츠-

또다시 시커먼 공간의 아가리 속에서 뭔가가 삐죽 튀어나오기 시작한다.

보기만 해도 눈부신 광채를 뿜어내고 있는 화려한 롱 소드.

마치 어디선가 본 것만 같은 익숙한 모양. 그렇게 레펜하이머가 고개를 갸웃거리고 있을 때.

츠츠츠츠츠-

한눈에 보기에도 범상치 않은 새하얀 로브가 천천히 드러
난다.

눈에 익은 룬 문양, 성결을 상징하는 십자가.

아직도 말라붙은 피가 덕지덕지 묻어 있는 그 순결의 로브
는 인간의 역사를 배운 이라면 누구나 추앙하는…….

"서, 성자 아스타론의 로브?"

성자 아스타론.

그 옛날 인간계를 침략한 마왕에 맞서 인류를 구한 위대한
용사.

"설마…… 혹시 그 검도……?"

"아스타론의 성검이다."

"그, 그럴 수가!"

마왕 발락카스와 대혈전을 벌였던 그는 치열한 혈투 끝에
마왕과 함께 시공의 폭풍 속으로 빨려 들어갔다. 자신을 희생
하여 인류를 구한 것이다.

그는 인류가 성자(聖子)로 추앙하는 몇 안 되는 대영웅이
었다.

지금 그런 엄청난 고대 영웅의 유물이 다시 세상에 등장한
것이다.

"내 생각엔 말이지. 어브렐가의 전 재산을 열 번을 처분한
다 해도 이 검과 로브를 사진 못할 거 같거든."

레펜하이머 가주는 믿을 수 없었다.

도대체 마왕과 함께 사라진 고대 영웅의 유물이 왜 하이베른가의 수중에 들어가 있단 말인가?

아스타론의 유물들을 가치로 환산하는 것은 불가능한 것이었다.

또한 레펜하이머 가주에게 유물의 가치는 부차적인 문제였다.

'대체 베른가는……'

지금 대공자는 위대한 성자 아스타론의 역사가 본인의 가문, 베른가에 이어지고 있다고 강변하고 있는 것.

성자 아스타론은 태초의 마법사, 테아마라스보다 더한 위상의, 인간들에겐 그야말로 절대적인 영웅이었다.

만약 성자 아스타론을 신처럼 떠받들고 있는 알칸 제국이 이 사실을 알게 된다면?

아마도 제국의 모든 역량을 동원해 유물을 회수하려 들 것이었다.

르마델 왕국이 아스타론의 유물을 보유하고 있는 것만으로도, 알칸 제국과의 전쟁 억지력마저 담보할 수 있을 정도.

저 위대한 유물로 알칸 제국에게 얼마나 많은 것을 얻어 낼 수 있을지, 레펜하이머는 감히 상상조차 할 수 없었다.

그야말로 막대한 정치적 우위를 가능케 하는 물건인 것이다.

"……아스타론의 유물을 정말 우리 가문에 줄 수 있단 말인가?"

"감당할 수 있다면."

미소 짓는 루인, 그의 그 한마디에 레펜하이머 가주는 온몸을 떨 수밖에 없었다.

보물은 때론 가장 파멸적인 재앙이다.

지킬 수 있는 힘이 없다면 어쩌면 멸망의 지름길이 될 수도 있는 일.

유물을 지켜 낼 수만 있다면 르마델 왕실은 물론 알칸 제국마저 움직일 수 있는 권력을 얻게 될 테지만 레펜하이머는 감히 자신할 수 없었다.

가문의 멸족을 담보로 걸어야 하는 도박.

결국 레펜하이머는 고개를 내젓고 말았다.

"……본 가문이 감당하기 힘든 물건이군."

"그렇게 판단했다면."

루인이 다시 공간을 찢고 나타난 헬라게아 안에 아스타론의 유물을 깊숙이 넣었다.

이어 무심한 눈으로 다시 레펜하이머를 응시하는 루인.

마치 자신의 반응을 예상이라도 했다는 듯한 루인의 자연스러운 태도에 레펜하이머 가주의 눈빛은 더욱 흔들리고 있었다.

그것은 자신의 가문에는 알칸 제국마저 통제할 수 있는 힘이 있으니 함부로 조건을 저울질하지 말라는 강력한 경고였다.

어브렐가의 재앙, 멸화를 없애 주는 것만으로도 감지덕지하라는 뜻.

왕국을 지배하는 실질적인 힘 하이렌시아가도 르마델의 왕실도 베나스 대륙의 패자 알칸 제국을 통제할 수는 없었다.

'하지만 하이베른가는 알칸 제국을 우군으로 부릴 수도 있다.'

그만큼 성자 아스타론의 유물은 거대하고 강력한 힘.

그 사실 하나만으로도 레펜하이머 가주의 판단은 이미 끝난 것이었다.

"그대의 모든 요구를 조건 없이 수용하겠다."

그 순간 루인은 자리에서 일어났다.

"봉신가 서약식에 관한 일체의 준비는 본 하이베른가에서 하겠다. 어브렐가는 추후 예상되는 반발과 정치적인 공세에 대비토록 하라. 특히 아조스가(家)와 탈레오만가(家)와는 미리 관계를 끊는 편이 좋을 것이다."

"……."

레펜하이머 가주의 가슴이 철렁거린다.

아조스가와 탈레오만가와의 은밀한 관계는 왕실은 물론 귀족 세계에서도 알려지지 않는 일.

한데도 저 대공자는 마치 이미 모든 것을 알고 있다는 투였다.

'대체 그 사실을 어떻게……?'

극도의 혼란스러움.

가주 대 가주끼리의 대인 교섭, 거기에 음성 추적 마법을 대비하기 위해 오직 필담(筆談)으로만 협상 조건을 나누었다.

이제 레펜하이머는 저 무심한 대공자가 도대체 얼마나 많은 정보를 쥐고 있는지 가늠조차 할 수 없었다.

오연히 서 있는 루인.

이미 그는 봉신가를 거느린 대공가의 대공자로서 사자처럼 사방을 내려다보고 있었다.

그때.

"가, 가주!"

가주좌에서 내려온 레펜하이머가 무릎을 꿇고 있었다.

"어브렐가(家). 봉신의 명예를 기꺼이 받들겠소."

루인이 웃었다.

"그대들이 봉신가의 깃발로 쓸 문양은 잿불(灰火)이다. 최고의 화가에게 의뢰하여 곧 하사하겠다."

"감사드리오."

그렇게 루인이 타워를 떠나가자.

어브렐가의 원로 렐미온이 레펜하이머 가주를 응시했다.

"잿불이 무슨 의미인 것 같습니까, 가주님?"

"어브렐가가 멸화(滅禍)를 극복하더라도 결코 잊지 말라는 뜻이겠지. 그 끔찍한 저주를 끊어 준 존재가 다름 아닌 하이베른가라는 것을."

레펜하이머의 눈빛이 침잠하게 가라앉는다.

"이 르마델 왕국에 실로 무서운 인물이 출현했구나."

Chapter. 38

'칼과 영웅의 노래' 그룹의 유적, '검의 정원'에서 아카데미의 주요 기사 생도들이 심각한 표정을 하고 있었다.

하이렌시아가의 대공자 크라울시스의 보결 입학 소식.

때문에 아카데미의 기사 생도들은 큰 혼란에 빠져 있었다.

특히나 브홀렌에게는 청천벽력과도 같은 소식이 아닐 수 없었다.

"너, 괜찮겠냐?"

"……."

브홀렌은 하이렌시아가의 방계 검수이자 이명 생도 랭킹 1위를 단 한 번도 뺏긴 적이 없는 아카데미의 지배자.

그러나 대공자 크라울시스의 등장으로 이제 그의 1인자 자리는 물 건너간 것이나 마찬가지였다.

게다가 대공자 크라울시스는 이명 생도 랭킹 7위의 페드 녀석과 상당히 친했다.

만약 크라울시스가 그런 페드 녀석을 밀기 시작한다면 자신의 수석 졸업이 물 건너갈 수도 있는 일이었다.

자칫 수석 졸업의 엄청난 명예와 혜택들을 누리지 못할 수도 있는 상황인 것이다.

"미치겠군."

그뿐만이 문제가 아니었다.

하이렌시아가의 방계로서 크라울시스에게 복종할 수밖에 없는 자신.

그러므로 아카데미에 직간접적으로 영향력을 행사해 온 지금까지의 모든 권력이 위태로워졌다.

특히 '포효하는 황혼'의 거의 대부분의 기사 생도들이 하이베른가 대공자의 영향력 아래 귀속되어 버린 상황.

'피의 결속자' 그룹 역시 점점 하이베른가의 대공자를 향한 호감도가 증가하고 있었다.

자신이 애써 막고 있지만 '칼과 영웅의 노래' 그룹 내부 또한 동요가 심각했다.

이런 혼란스러운 상황에서 크라울시스마저 등장한다면…….

브홀렌은 이래저래 머리가 터져 버릴 것만 같았다.

"대공가의 대공자들 때문에 갑자기 아카데미가 두 개로 갈라지게 생겼군."

하이렌시아가의 위상이야 말할 필요도 없지만, 기수 쟁탈전을 승리한 하이베른가의 대공자, 루인의 기세도 만만치가 않았다.

"역시 문제는 우리 이명 랭커들이 쥐고 있었던 왕립 아카데미가 순식간에 대공자들의 놀이터로 변해 버렸다는 것이겠지. 우리의 위상은 이제 벼룩처럼 변해 버릴 거다."

이명 생도 랭킹 3위, 일리온의 말에 모두가 고개를 끄덕이며 표정이 굳어졌다.

"하이베른가의 대공자가 참여를 선언한 무투대회부터 고민이다. 우리가 과연 참여를 해야 하나?"

이미 포효하는 황혼의 두 랭커들을 꺾었고, 게다가 기수 쟁탈전에서 무려 초인을 이긴 하이베른가의 대공자다.

토너먼트에서 그와 만나는 족족 이명 랭커 순위가 떨어질 것은 자명한 일.

마법도 마법이지만 대공자의 무투술 역시 상대하기가 매우 까다로워 보였다.

무엇보다 결정적인 건 그의 정신 마법.

스피릿 오러를 무한하게 뿜어내던 초인을 정신 마법 하나만으로 제압해 버린 루인의 마도(魔道)란 더 이상 평가가 무의미한 지경이었다.

"마법 생도들이 그러더군. 마법의 세계에서 정신 마법은 이론상의 마법이라고."

"그건 현자도 불가능해! 드래곤의 전유물이라고!"

브홀렌이 말했다.

"그럼 무투대회를 보이콧이라도 하자는 소리냐. 한두 명이 빠지는 거야 상관이 없겠지. 하지만 이명 랭커들이 모조리 참가를 포기한다면 분명 하이베른가의 대공자가 무서워서 포기했다는 말이 흘러나올 거다."

"참가하면 되지."

팔짱을 낀 채 아무렇지도 않게 툭 하고 말을 뱉은 생도는 그림자 혹한 타가옐이었다.

그는 마법학부에서 유일하게 기사 생도들과 가까운 마법 생도였다.

"참가를 하겠다고?"

또다시 무심하게 말을 내뱉는 타가옐.

"개인전 말고 단체전(Party)만."

"호오……?"

타가옐의 말은 그럴듯했다.

하이베른가의 대공자는 분명 강하고 위험하지만 그와 함께 무투대회를 준비하고 있는 무등위 생도들의 실력은 아직 미진했다.

물론 그들은 무등위 마법 생도들 사이에서 제법 두각을

나타내고 있는 천재들이다.

그러나 4년 이상 아카데미에서 고된 수련을 이어 온 랭커들의 입장에서는 아직 그들은 애송이나 다름없었다.

딱 하나, 입탑 마법사 다프네가 걸린다.

경계할 생도는 그녀 하나뿐이었다.

다시 타가엘이 말했다.

"정신계 마법이 아무리 초고위 마법이라고 해도 인간이 지닌 염동력의 한계상 광범위하게 펼칠 수 있는 마법이 아니야. 반드시 국소로 제한되지."

브홀렌이 물었다.

"한 명만 희생하면 된다는 소리냐?"

"그렇다. 염동력이 아무리 무한이라고 해도 정신 마법을 펼치는 그 순간만큼은 그도 무방비가 될 수밖에 없다."

희열로 소리치는 일리온.

"그럼 대공자는 단체전에서만큼은 아예 정신 마법을 시도조차 안 하겠군!"

"그에게 마법사의 직관이 있다면 반드시."

브홀렌이 고개를 끄덕였다.

"그럼 우리 이명 생도들끼리 조합을 짜지."

"오오!"

지금까지 개인전에만 주로 참여했던 이명 랭커들.

지금 그런 이명 랭커들이 무투대회의 단체전에, 그것도

자신들끼리의 파티 조합을 천명하고 있었다.

그것은 절대로 지지 않는 불패의 조합이었다.

"나와 일리온, 맹제르, 그리고 타가엘이 단체전에 참여한다. 타가엘, 마법 생도들 중에서 스카우트할 만한 녀석이 더있나?"

"유리우스를 데려오지."

생동하는 화염, 유리우스.

그는 타가엘과 더불어 마법학부의 최고를 다투는 마법 생도였다.

"좋아."

브홀렌이 천명한 파티의 조합에, 이를 지켜보던 이명 랭커들이 넋 나간 표정을 하고 있었다.

기사 3명.

이명 랭킹 1위의 브홀렌, 3위의 일리온, 5위의 맹제르.

마법사 2명.

12위의 타가엘, 13위의 유리우스.

특히 타가엘과 유리우스는 개인전의 불리한 랭커전에서당당히 최상위권에 이름을 올리고 있는 마법 생도들이었다.

순수하게 역량으로만 따진다면 그들은 결코 브홀렌이나일리온 못지않았다.

기사 생도들이 전방에서 시간을 벌어 주고 있는 상황에서만큼은 실로 무시무시한 마법을 선보일 수 있는 마법사들.

"와 씨! 저 조합을 어떻게 이기냐?"

"난 그냥 포기해야겠다."

"맞아. 차라리 조금 부끄럽고 말지."

그때.

저벅저벅.

커다란 자루를 등에 이고 검의 정원에 나타난 한 소년.

"크…… 크라울시스 대공자님!"

갑작스럽게 나타난 크라울시스의 등장에 그의 방계 검수 브홀렌이 절도 있게 무릎을 꿇는다.

다른 기사 생도들도 일제히 허리를 숙였다.

쿵-

자루를 바닥에 내려놓은 크라울시스가 기사 생도들을 천천히 훑었다.

"무슨 이야기를 나누고 있었나."

브홀렌이 무릎을 꿇은 채로 고개를 들었다.

"무투대회에 대해 이야기를 나누고 있었습니다."

"그래. 그럴 줄 알았지. 무투대회가 코앞이니까."

의미심장하게 웃고 있던 크라울시스가 자신이 가져온 자루를 시선으로 가리킨다.

"브홀렌 네시우스 니스할. 자루를 살펴봐라."

브홀렌이 조심스럽게 자루를 열자.

"어?"

화아악-

강렬한 마력의 잔향이 사방을 휘어 감는다.

자신의 마력이 순식간에 흩어지자 타가엘이 중얼거렸다.

"안티 매직……."

강력한 마력 얽힘 방해 현상.

"모든 봉신가와 방계, 동맹 가문에서 구해 온 대마법 보구
(寶具)다."

이명 랭커들의 경악한 시선이 모두 대공자 크라울시스에
게 향한다.

지금 이것들이 하이렌시아가와 동맹을 맺고 있는 대귀족
가들의 모든 가보(家寶)라고?

"제법 대가를 치르고 가져온 물건들이지."

이 무시무시한 아티펙트들을 대여, 혹은 매입하기 위해 크
라울시스는 가문의 환상고(幻像庫)에 있는 재물의 5분의 1을
소비했다.

크라울시스가 더욱 사악하게 웃었다.

"너희들은 모두 나의 대전사다."

하이베른가의 호수 별장.

과거, 대공자 루인이 유폐지로 쓰던 호수 별장은 어느덧 깨

끗하게 단장하여 본래의 모습을 되찾은 상태.

"……."

그런 호수 앞 작은 공터에서 검산(劍山) 월켄이 두 눈을 감은 채 진중하게 명상하고 있었다.

루인과의 대결을 복기하는 그 과정이 보름 넘게 이어지고 있었지만 생각을 거듭할수록 월켄은 혼란만 가중되고 있었다.

대공자 루인의 정신 마법은 아예 배제했다.

애초에 그런 건 상대할 수도 없을 테니까.

가장 먼저 상상을 초월하는 속도로 재생성되는 루인의 배리어계, 쉴드 마법을 뚫을 마땅한 방법부터가 생각나지 않는 것이다.

현재 자신이 가장 자신 있고 능숙하게 구사할 수 있는 검술은 캘러미티 라인(Calamity Line)이다.

빠르게 구사하면 광범위한 공격이 손쉽게 가능했고, 무엇보다 투기가 소모되는 양이 적기 때문에 몸의 위험 부담이 적었다.

지금까지는 그런 캘러미티 라인만으로도 아무런 무리가 없었다.

초인의 투기는 가히 무한대여서, 캘러미티 라인만 뿌려 대는 것만으로도 모든 적을 압살할 수 있었던 것이다.

하지만 그런 엄청난 캘러미티 라인도 단단한 한 점(Spot)을 뚫지 못하는 이상 무용지물이 될 수 있다는 것을 처음으로 깨달았다.

단단한 한 점, 루인의 배리어를 뚫을 수 있는 유일한 방법.

역시 강력한 점의 검술, 캘러미티 블레이즈(Calamity Blaze) 밖에 없었다.

미세한 부위에 투기를 누적시켜 힘의 착화점을 만들고.

이후 일시적으로 투기를 폭발하여 얻을 수 있는 힘, 스피릿 스톰을 통해 착화점을 폭발시키면.

스피릿 오러의 수십 배나 달하는 파괴력을 자랑하는, 궁극의 캘러미티 블레이즈를 완성할 수 있었다.

하지만 문제는 역시 착화점을 만드는 일이었다.

상대의 몸, 그것도 특정한 부위에 정밀한 투기의 인(刃)을 그 험악한 난전 상황에서 연속으로 누적시킨다는 것부터가 현실적이지 않았다.

그것은 투기로 가늠하는 초인의 영역이 아니라 한 기사의 순수한 경험과 실력, 즉 검술의 숙련도가 초월적인 영역을 돌파해야 가능한 일.

그래서 월켄이 처음에 스승님께 캘러미티 블레이즈에 대한 이야기를 들었을 때 농담처럼 웃어넘겼었다.

아니, 어떻게 그 난전 속에서 미세한 검의 인을 수십 번 이상 '같은 부위'에 새겨 투기의 착화점을 만든단 말인가?

겨우겨우 어떻게든 착화점을 만든다고 해도, 스피릿 스

톰을 완성하려면 정신을 잃을 정도로 투기를 끌어올려야 한다.

그런 혼미한 와중에서 착화점에 정확히 스피릿 스톰을 적중시킨다고?

월켄은 지금도 그건 그저 이론상의 경지로만 느껴졌다.

그렇게 그가 복잡하게 명상을 이어 나가고 있을 때 사자왕 카젠이 호수 별장에 나타났다.

인기척을 느낀 월켄이 명상에서 깨어났다.

"안녕하십니까."

"검밖에 모르는 무인이라더니. 역시 대공자의 말대로군."

흐뭇하게 웃고 있는 카젠.

월켄이 씁쓸한 얼굴로 대답했다.

"가주님의 아드님 덕분에 평생을 노력해도 해결할 수 없는 난제를 만난 느낌입니다."

"녀석의 마법 말인가?"

"예."

여전히 묘하게 웃고 카젠을 바라보며 월켄이 고개를 갸웃거렸다.

"해법을 알고 계십니까?"

"일단 녀석이 일반적인 마법사라는 생각부터 버리게."

루인은 마법사의 가장 치명적인 단점이자 근본적인 한계인 '캐스팅 딜레이'를 무시한다.

검술과 똑같은 속도로 구현되는 녀석의 마법은, 마법이라기보단 권능에 가까웠다.

"전 그 '일반적인 마법사'라는 것도 경험한 적이 없습니다."

"그럼 더 말이 쉽겠군."

카젠이 공터에 비치되어 있는 거치대에서 목검 하나를 빼어 들었다.

슉! 슈슈슉!

화려한 연환 동작.

적의 빈틈을 파고들어 순식간에 급소를 공격하는, 검술의 가장 기본적인 스네이킹(Snaking)이었다.

한데 윌켄이 깜짝 놀라고 있었다.

"그건……!"

"맞네. 자네의 검술이지."

윌켄은 놀랍기 짝이 없었다.

자신이 기수 쟁탈전에서 유파의 기본 검술을 펼친 것은 찰나에 불과했다.

대공자 루인의 창에 닿는 순간 투기가 썰물처럼 빠져나가는 상황이었기 때문.

그 이후로는 오직 투기를 활용한 스피릿 오러 세례, 캘러미티 라인만을 펼쳤었다.

한데 사자왕 카젠은 그 짧은 순간에 자신의 유파 검술에 담긴 운용법을 정확하게 꿰뚫어 본 것이다.

"이 가문은 중검류(重劍流)의 유파가 아니었습니까?"

몇몇 기사들을 제외하면 이 사자의 가문을 활보하는 기사들은 죄다 거대한 바스타드 소드를 소지하고 있었다.

훈련장에서 지켜본 기사들의 검술 또한 강력한 힘을 앞세운 중검술.

한데 그런 중검술을 대표하는 가주가 잔인하고 화려한 패왕 바스터의 검술을 한 번 본 것만으로 그 운용법을 훑어 내다니!

"유파에 갇히지 말게. 검술이 아무리 다양해도 결국은 그저 검이네. 찌르고—"

슉.

"베며."

후우웅.

"막지."

카젠이 검술의 기본 세 동작을 펼쳐 보이더니 다시 슬며시 웃고 있었다.

"동작이 가볍든 무겁든, 이런 검의 속성 자체가 변하는 일은 없네."

"아—!"

카젠이 목검을 다시 거치대에 걸쳐 놓는다.

"어땠나? 내가 흉내 냈던 자네의 검술이."

"완벽했습니다!"

"바로 그게 문제네."

"예?"

카젠이 윌켄을 직시한다.

"내가 완벽하게 흉내를 낼 수 있다는 자체가 문제란 뜻이지."

"그 말씀은……."

"자네에겐 검사의 고유한 무언가가 없네. 평생을 갈고닦아 완성한 자신만의 무언가."

"……."

"그저 쫓기듯이 수련한 검. 검술을 그저 자신에게 욱여넣기만 급급했던 것은 아닌지 한번 돌아보게."

"……."

"어쩌면 지금까지 그대가 익힌 검은 수련이 아니라 그저 무리한 학습이었을 수도 있네. 혹시 자네의 스승에게 시간이 별로 없었는가?"

카젠의 그 말에 윌켄의 가슴이 울렁거렸다.

그의 말대로 말라 가며 죽어 가는 스승에게는 그 빌어먹을 시간이 별로 없었다.

"그랬군."

어느덧 카젠은 시푸른 창공을 올려다보고 있었다.

"의기소침하지 말게. 그래도 자네의 유파는 대단하네. 검술의 기초도 제대로 닦지 않은 상태에서 초인의 경지를 가능케 하는 검술이라니. 자네의 스승은 당신의 상황에서 할 수 있는 최선을 다했을 것이네."

"스승님께서는 바스더의 후예셨습니다……."

깜짝 놀라는 카젠.

바스더는 최초로 베나스 대륙을 일통한 절대적인 패왕이었다.

그의 전설적인 검술은 드래곤마저 상대할 수 있다고 알려져 있었다.

그런 강력한 검술이 유파로 남아 아직도 전승되고 있다는 사실은 실로 놀라운 일이었다.

"그런 엄청난 비밀을 내게 말해도 되는 건가?"

현 대륙을 지배하는 알칸 제국은 패왕 바스더의 역사를 부정하며 세운 국가.

바스더의 검술을 이은 자가 나타난다면 반드시 황법으로 죽이려 들 것이었다.

"가주님이 제 비밀을 떠벌리고 다닐 사람이라고 생각되진 않습니다."

"그렇게 말해 준다니 고맙군."

잠시 생각에 잠겨 있던 월켄이 신중하게 입을 열었다.

"그 말씀은 제가 지금부터라도 유파 검술의 기본기부터 제대로 수련을 밟아 나간다면 아드님을 상대할 수 있다는 뜻이십니까?"

"나도 모르네."

알 듯 모를 듯한 카젠의 표정에 윌켄이 미간을 구겼다.

"제겐 크나큰 숙제입니다. 가볍게 여기지 마십시오."

"무슨 그런 섭섭한 말을. 나는 자네를 모르는 만큼, 아니 오히려 그보다 더 내 큰아들에 대해 아는 것이 없네."

"예?"

"내 아들의 실력에 대해 정확히 아는 바가 없으니 자네의 질문에 답을 할 수가 없네. 다만 그것이 기사의 정도(正道)란 뜻이지."

"기사의 정도……."

"그렇다네. 언제나 답은 끊임없는 수련 속에 있으니까."

그때였다.

콰아아아앙-

하늘에서 거대한 폭발음이 일었다.

한데 그런 폭발음의 음속보다 더 빠르게, 흐릿한 두 개의 그림자가 정원에 나타났다.

전력으로 투기를 끌어올리며 대비하고 있던 카젠은 금방 황당한 표정이 되었다.

"대공자……?"

시뻘건 피가 뚝뚝 떨어지고 있는 괴생명체의 꼬리.

루인이 그런 혼돈마의 꼬리를 헬라게아에 밀어 넣으며 아버지를 무심히 바라봤다.

"새로운 봉신가를 맞이할 준비를 해 주십시오."

"……뭐?"

"중부의 어브렐가를 복속하였습니다. 지금부터 어브렐가는 하이베른가의 봉신가입니다."

중부의 대귀족가, 그 유명한 중립의 가문이 갑자기 하이베른가의 봉신가라니?

카젠이 리리아를 쳐다본다.

"그 소녀는……?"

"어브렐가의 여식, 리리아 드리미트 어브렐이라고 합니다."

"……."

갑자기 벌어진 황당한 상황에 정신이 하나도 없었다.

일단은 어브렐가의 영애라고 하니 카젠은 그녀에게 일의 전후를 듣고 싶었다.

"대공자의 말이 모두 사실인가?"

"저는 가문의 정치적인 결정에 대해서 함부로 말할 수 있는 입장이 아닙니다. 양해를 부탁드리겠습니다."

무슨 차갑게 뚝뚝 떨어지는 말투가 사내아이 같았다.

표정 또한 귀족가의 영애라고 하기엔 무심하기 짝이 없어서 카젠은 마치 얼음 동상을 마주하는 기분이었다.

"어? 대공자?"

호수 정원을 향해 빠른 걸음으로 다가오고 있던 소에느가 루인을 발견하곤 깜짝 놀란 얼굴을 하고 있었다.

루인이 가볍게 고갯짓을 하자 그녀의 시선이 곧장 가주 카젠을 향했다.

"가주님. 상인 연합에서 보웬 남작의 석방을 요구하고 있어요."

"……상인 연합이?"

"표면상으로는 상인 연합회의에 참석해 달라는 요청이에요. 올해의 첫 연합회의의 발제자가 보웬 남작으로 내정되어 있었다더군요. 하지만 분명 그를 본가에서 빼내려는 누군가의 속셈이겠죠."

루인이 다시 카젠에게 물었다.

"상인 연합 말고도 그동안 보웬 남작의 석방을 요구한 곳이 더 있습니까? 다리오네가는 제외하고요."

"상인 연합의 길드장 데하르크의 꾸준한 요구가 있었다."

"부채 상환이 그 명분이었겠군요."

"어떻게……?"

씨익 웃는 루인.

"너무 뻔한 일이 아닙니까? 그리고 또요."

"그의 아들이다. 상속자의 자격으로 보웬 공의 석방을 지속적으로 요구하고 있다."

루인이 생각에 잠겼다.

힘을 잃은 다리오네가의 상속자 따윈 장애가 되지 않았다.

문제는 상인 연합.

북부 상권의 팔 할을 장악하고 있는 상인 연합은 결코 무시할 수 없는 세력이었다.

한데.

어떻게 일이 또 이렇게 흘러가는 걸까.

마침 그런 상인 연합을 우군으로 얻을 수 있는 가장 강력한 패가 자신의 손에 있었다.

"어브렐가가 하이베른가의 봉신가가 되었다는 소식을 빨리 공표해야겠군요."

"뭐……?"

경악하고 마는 소에느.

"그편이 고모가 움직이기 편할 텐데?"

당연하다.

유사 이래 상인과 용병은 철저한 공생 관계였다.

상인들의 물자 운송을 호위하는 건 언제나 용병들의 몫이었으니까.

상인들도 용병들이 없다면 살아갈 수 없고 그것은 용병들도 마찬가지.

한데, 중부의 용병대를 장악하고 있는 어브렐가를 봉신가로 귀속시켰다?

그건 왕국의 중부 상권을 장악했다는 말과 같다.

중부의 상인 길드들에게 용병대를 내어 주지 않는다면, 더 이상 그들은 왕국의 어디와도 거래를 할 수 없을 테니까.

그저 도적 떼들의 손쉬운 먹잇감으로 전락할 뿐이었다.

　그러므로 남부의 넉넉하고 풍성한 물자가 북부의 상권으로 유입되는 길목을 장악하고 있는 것이 중부의 어브렐가.

　그렇게 막대한 중개 교역의 이권을 통제하고 있는 어브렐가를 베른가의 봉신가로 귀속시켰다는 것은 소에느에게 실로 믿을 수 없는 일이었다.

　"왕국의 허리를 장악하고 있는 가문이 지금부터 우리 봉신가라니 갑자기 그게 무슨 소리야?"

　루인이 소에느의 말에 대답도 하지 않으며 뒤돌아섰다.

　"고모도 공표 준비나 빨리 서둘러 줘. 그리고……."

　그렇게 루인이 바쁘게 자리를 벗어나려 했을 때.

　갑자기 루인의 표정이 급격하게 증오로 어두워진다.

　익숙하고 불길한 기운.

　그 음침하고도 악독한 사념의 향기에 루인이 피가 나도록 입술을 깨물었다.

　"너……."

　루인이 다시 뒤돌아선 순간.

　보랏빛 귀화로 물든 검성, 아니 악제의 두 눈이 웃고 있었다.

　영혼을 짓눌러 오는 순수하고도 거대한 증오.

　촘촘한 그물 같은 악의가 소름 돋게 너울거린다.

　"눈 감아요!"

"갑자기 그게 무슨 소리냐?"

〈눈 감아!〉

꾸르르르릉!

거대한 융합 마력으로 증폭된 루인의 목소리가 순식간에 사자성을 집어삼킨다.

도저히 항거할 수 없는 대마도사의 위압감.

그의 이글거리는 두 눈이 검성, 아니 악제(惡帝)를 직시했다.

"감히……!"

검성의 악의(惡意)는 아직 미완성이다.

한데도 큰 위험 부담을 안고 검성의 의식을 집어삼켰다.

그것은 단 하나의 의미.

여기 있는 세 명의 인간들 중 한 명에게 청염(靑炎)의 저주를 덧씌우려는 것이다.

그 대상은 아마도 높은 확률로 자신.

그런 루인을 바라보는 악제의 미소가 더욱 묘한 빛을 머금었다.

"놀랍군."

자신이 재물의 영혼과 의식을 잠식하여 의지를 드러내자마자 모두에게 눈을 감으라고 지시했다는 것.

그 의미는 명확하다.

"내 본질을 아는 인간이 존재하다니."

인간의 눈을 통해서 내면의 욕망을 본다.

그런 욕망들을 집어삼켜 악의 씨앗을 발아(發芽)하는, 분명 자신의 방식을 아는 인간이었다.

"……."

자신의 존재를 인식하고 있는 인간들은 세상 이면에 존재하는 각국의 수호자 집단 정도가 유일하다.

"넌 하이베른가의 대공자 따위가 아니군."

세상을 집어삼킬 것만 같은 강렬한 증오로 가득한 두 눈.

그 치열한 악의가 자신의 강대한 의식마저 침범해 올 정도다.

평범한 인간이었다면 저 눈빛을 마주하는 것만으로도 질식하여 쓰러졌을 것이다.

"한데 넌 왜 눈을 감지 않지?"

하이베른가의 대공자가 초인을 꺾을 정도로 강력한 마법을 익혔다는 사실은 이제 악제에게 안중에도 없었다.

모두에게 경고를 하고 정작 그 자신은 눈을 감지 않았다는 것.

그 사실이 악제의 호기심을 더욱 자극하고 있었다.

루인의 입매가 악마처럼 비틀린다.

"망설이지 말고 날 먹어라."

"호오……?"

먹는다는 표현.

청염의 존재를 아는 것을 넘어 영혼 강탈까지 알고 있다고?

평소대로라면 자신의 비밀을 이 정도까지 알고 있으니 단숨에 죽여 버렸을 것이다.

그러나 그럴 수가 없었다.

청염에 관한 것은 아직 인간들 중 누구도 간파해 내지 못했다.

한데, 한 번도 신경 쓴 적이 없는 르마델 왕국의 대공 가문, 그것도 새파란 대공자 따위가 청염의 비밀을 모조리 알고 있다?

이건 단순히 하이베른가의 대공자 따위의 문제가 아니다.

대공자의 뒤에 숨어 있는 미지의 인간들, 그 은막의 실체를 모조리 솎아 내야 했다.

악제의 두 눈에 얽힌 자줏빛 귀화가 더욱 귀기로 타오른다.

"이상한 놈이로군."

어쨌든 모든 걸 알고도 자신을 직시하고 있으니 먹지 않을 이유는 없다.

어차피 청염을 덧씌워 영혼을 장악한다면 놈의 생각을 모두 읽어 낼 수 있으니까.

스스스스-

악제의 영혼에서 흘러나오기 시작한 자줏빛 귀화가 순식
간에 루인을 집어삼킨다.

-호오? 이런 방식이었나?

"……!"

악제의 동요가 더욱 커진다.

놈의 영혼을 침범하는 순간, 어떤 강대한 영혼이 마치 수문
장처럼 놈을 지키고 있었기 때문이다.

게다가 놈의 영혼.

부우우우웅!

놈의 내면세계, 그 영혼의 깊이가 상상할 수 없을 정도로
너르고 깊었다.

그 아득한 광활함이란 인간의 격(格)으로는 결코 이룩할
수 없는 영혼의 경지.

"역시 '존재'들의 끄나풀이었나."

드래곤, 어쩌면 신들의 대리자.

이제 상대의 정체를 알았으니 악제는 망설이지 않았다.

그렇게 악제가 권능을 일으키려던 그 순간.

"약하군."

증오로 비튼 루인의 입매가 더욱 진한 웃음을 머금자.

악제의 고개가 기이하게 꺾인다.

"약하다?"

자신의 영격에 어느 정도 자신감이 있었지만 그래도 루인의 입장에서는 영혼잠식까지 각오했던 큰 도박이었다.

아무리 만 년 이상의 격(格)을 이룩했다 해도 엄연히 자신의 영혼은 인간의 그릇.

한데도 놈은 그런 인간의 영혼을 집어삼키지 못했다.

이 시기의 악제는 약하다.

터무니없을 정도로.

씨익.

"그래. 생각보다 너무 약해."

전성기의 악제는 주신(主神) 알테이아마저 두려워하던 존재.

어떤 신도 통제할 수 없었던 인류의 거악(巨惡), 지금의 놈은 그런 절망적인 악제가 아니었다.

"재물을 장악하는 사념의 구속력도, 이 바보 같은 방식도 죄다 어설프군."

악제의 전략은 인간의 역사 그 어디에도 찾아볼 수 없을 정도로 치밀하고 교활했다.

한데 이렇게 쉽게 꼬리를 드러내다니.

〈사자성의 기사들은 들어라! 지금 즉시 사자성 주변 반경,

3Km 이내를 모조리 수색한다! 시체처럼 누워 있는 인간을 찾아 놈의 신변을 확보한다! 놈은 하이베른가의 적이다!〉

하이베른가에서 대공자의 목소리를 모르는 기사는 더 이상 존재하지 않았다.

곧이어 거대한 화답의 목소리가 사자성의 곳곳에서 들려왔다.

-충!
-충!

"……!"

악제의 얼굴에서 처음으로 당황의 빛이 서린다.

루인이 소름 돋게 웃었다.

"악의가 완성되지 않는 재물을 통제하려면 네놈은 반드시 재물의 주변 3Km 이내로 접근을 해야 하지."

이 사실을 알아내기 위해 많은 동료와 부하들이 희생하였다. 이제야 그 빛을 보게 된 것이다.

전성기 시절의 악제 놈도 그러하였는데 지금의 놈이야 더 말할 필요도 없었다. 어쩌면 반경 수백 미터 안에 놈이 있을 수도 있었다.

3km라는 기준은 최대한의 안전장치.

"……넌 누구지?"

악의가 꿈틀거린다.

주변을 잠식하기 시작한 증오의 기운, 그의 악의가 더욱 세차게 날뛰기 시작한 것이다.

"하이베른가의 대공자."

파앙!

빛살처럼 쏘아진 루인의 신형.

그대로 악제의 머리를 움켜쥔 루인이 곧장 융합 마력을 끌어올리며 강력한 정신 마법을 겹겹이 드리웠다.

"도망칠 생각은 버리는 게 좋을 것이다."

영혼결계진 아트마호라(ᏠoyᎪᏩ).

정신구속진 아트메아타(ᏠoyЖ፫ᖴᏋᏇ).

마지막으로 가장 강력한 마신의 탈혼금제술 아트아자바(ᏠoyςςθᎥᏜ)까지.

루인은 지금의 자신이 발휘할 수 있는 모든 것을 쏟아부었다.

마신의 강대한 정신 마법을 극한으로 구동한 것이다.

순식간에 모든 융합 마력이 썰물처럼 빠져나갔지만 루인은 결코 망설이지 않았다.

이걸 놓친다면 바보다.

악제의 정체를 밝힐 수 있는 사상 최고의 기회!

악제는 자신의 영혼을 압박하고 있는 마신의 정신 마법을 담담히 관찰하고 있었다.

"정말 이상한 인간이군. 이번엔 마계의 고위 정신 마법이라…… '존재'의 끄나풀도 아니란 말인가."

인간계의 '존재'들과 마계의 마족들은 서로 물과 기름 같은 관계.

사상 처음으로 해석할 수 없는 인간을 만난 악제는 오히려 흥미로 들끓는 듯한 표정이었다.

제법 큰 수확이었다.

흔한 인간 영웅, 그저 부하로 부릴 재물인 줄로만 알았는데 이런 깜짝 놀랄 만한 역량이라니.

"적으로 인정하지."

순간.

기질이 바뀐다.

츠츠츠츠츠츠-

마신의 수만 년 역량으로 쌓아 올린 강대한 정신 마법이 너무나도 자연스럽게 해체되기 시작한다.

영혼결계진이 술식으로, 술식이 또 쪼개어져 마력회로로, 마력회로는 다시 융합 마력과 염동력으로, 마침내 마력까지 모조리 미세 입자 단위로 분해된다.

그것은 술식을 흩어 내는 디스펠 따위도, 결계를 무용지물로 만드는 차폐 마법도 아니었다.

마치 신의 섭리 같았다.

어떤 지혜와 이치도 녹아 있지 않은, 그저 한없이 간결하고
도 오롯한 어떤 의지.

상상도 할 수 없는 힘의 구현법, 그의 초월적인 권능 앞에
서 루인은 결국 치를 떨 수밖에 없었다.

악제는 그저 숨기고 있었던 것이다.

자신의 반응, 그리고 실력을 떠보기 위해서.

척척척-

갑주를 출렁이며 흩어지는 기사들의 발걸음 소리가 성의
사방에서 들려오자.

〈출…… 출정을 멈춰라!〉

그렇게 루인이 절대언령으로 모든 기사들의 움직임을 멈춰
세우자.

악제는 더욱 호기심이 치민 얼굴로 루인을 바라보고 있었다.

"드러낸 역량만큼 정확히 대응한다라. 정말 기이해. 마치
날 상대해 본 인간처럼 말이지."

인간 기사 따위는 그 수가 아무리 많든 벌레처럼 죽일 수가
있었다.

그것은 초인이라 불리는 인간들 역시 마찬가지.

그런 자신의 힘은 인간들이 쉽게 받아들일 수 있는 것이 아
니었다.

한데 이 대공자는 그런 자신의 역량을 정확히 읽고 있는 것이다.

이런 건 단순히 마계의 지식을 쌓은 흑마법사라고 해서 가능한 역량이 아니었다.

"혹시 너는 미래를 보나?"

과거의 자신을 겪은 인간은 모두 죽고 사라졌다.

그렇다면 단 하나의 결론.

놈은 높은 확률로 미래의 자신을 아는 인간이었다.

"꺼져라!"

남은 융합 마력을 모조리 쥐어짜는 루인.

영혼 잠식이 계속 이어진다면 월켄의 정신계가 큰 타격을 입을 수도 있었다.

또한 놈의 교활한 방식에 군이 어울려 줄 이유는 없었다.

루인의 강대한 염동력이 영혼차폐술 아트바흐토라(ƜoyжψɕrӜɮ)로 구현되자.

스스스스스-

월켄의 순수한 영혼력이 점차 강화되며 악제의 사념을 밀어내기 시작했다.

점점 밀려가는 자신의 사념을 무심히 관찰하던 악제는.

"정말 대단한 인간이군."

이 정도로 치밀하고 완성도 높은 정신 마법을 구현해 낼 수 있는 인간이 존재한다는 것을 믿을 수 없었다.

적어도 마왕, 아니 이 정도라면 마신(魔神)의 역량이라고
봐도 무방했다.

"마신의 술식을 구사하는 흑마법사라."

악제가 마지막으로 웃었다.

"기억에 담을 가치가 있군. 내 종언(終焉)의 파멸 속에서
너를 기억하겠다. 하이베른가의 대공자여."

힘없이 허물어지는 검성의 육체.

그제야 루인이 월켄의 머리를 잡고 있던 손을 놓으며 비틀
거린다.

"루인!"

황급히 다가가는 리리아.

하지만 루인은 이미 정신을 잃고 쓰러져 있었다.

소에느가 카젠을 쳐다봤다.

"도대체 대공자는…… 오라버니……?"

카젠이 소리 없이 울고 있었다.

알칸 제국에서 온 초인 검산(劍山)의 영혼을 잠식한 미지
의 존재.

그가 루인을 바라보며 했던 모든 반응들.

⟨내 본질을 아는 인간이 존재하다니.⟩

⟨넌 하이베른가의 대공자 따위가 아니군.⟩

⟨……넌 누구지?⟩

그리고 마지막.

〈혹시 너는 미래를 보나?〉

아니. 루인은 미래를 보는 존재가 아니다.

그가 왜 그리도 슬픈 표정으로 자신의 가슴을 갈랐는지.

왜 그토록 동생들을 아련하게 바라보았는지.

왜 고모 소에느를 악착같이 증오했는지.

변절한 기사들의 명단을 왜 모두 알고 있었는지.

왜 그가 기사들을 움직일 수 있는 힘을 지녔는지.

왜 검이 아니라 마법이었는지.

설명될 수 없었던 그런 모든 불가사의들이.

단 하나의 가정으로 완성되었다.

이제는 카젠도 알고 있었다.

"……그는 돌아온 것이구나."

"그게 무슨 소리죠?"

아들이 겪었을 처절한 삶이 무엇인지 상상도 되지 않는다.

하지만 카젠은 그렇게 끝없는 슬픔이 밀려오면서도 더없이 가슴이 두근거렸다.

그는 미래의 재앙을 모두 알고 있다.

하이베른가의 모든 실패를 알고 있다.

그것이 얼마나 엄청난 무기로 작동할지 감히 카젠은 상상조차 할 수 없었다.

그가 완성할 하이베른가.

카젠이 하이베른가의 대공자, 루인을 직시했다.

"루인……."

돌아온 것을 환영한다.

내 아들.

아비가 돼서 이제야 알아보다니 참으로 미안하구나.

머릿속에 꿈틀거리는 지렁이가 돌아다니는 듯한 불쾌한
두통.

작은 불꽃들도 팡팡 터지며 시야를 방해한다.

전형적인 마나 번(Mana Burn) 증상.

그럴 만도 한 것이, 마신 쟈이로벨도 연속으로 쓰기를 버거
워하는 초고위 정신 마법을 무려 네 번이나 연달아 펼쳤으니.

어지러운 마음을 다잡기 위해 이미지를 하려고 해 보았다.

하지만 심상도 모이지 않는 것이, 염동력 또한 깔끔하게 바
닥난 것 같았다.

하는 수 없이 루인은 어지러움을 겨우 견디며 천천히 일어
났다.

"아버지……?"

창가 옆 의자에 앉아 있는 아버지, 사자왕이 자신을 바라보고 있었다.

이제 괜찮은 거냐고 인사라도 한마디 건넬 법하건만 아버지의 눈빛은 내내 투명하고 공허하기만 했다.

"놈은 물러갔습니까……?"

"……."

여전히 아무런 대답이 없는 카젠.

비로소 루인은 아버지에게 뭔가 큰 변화가 생겼다는 것을 깨달았다.

세상의 아비들이 이유 없이 침묵할 땐 자식에게 실망했거나…….

혹은 슬픔을 견디고 있다는 뜻.

아버지를 바라보는 루인의 눈빛도 함께 깊어졌다.

당신을 상심케 할 만한 일들을 떠올려 보았으나 자신은 그런 행동을 한 적이 없었다.

그렇다는 건…….

"어떻게 견뎌 냈느냐."

말할 수 없는 부모의 아픔이 묻어 나오는 목소리.

아버지의 그 눈빛이, 그 아련한 감정이 현재의 자신을 향해 있지가 않았다.

마치 죄를 들킨 아이의 심정으로 고개를 숙이는 루인.

"아버지……."

침묵으로 직시해 오는 아버지의 눈빛은, 분명 대공자 루인이 아닌 대마도사, 흑암의 공포 루인을 바라보고 계셨다.

'…….'

알아차리실 만도 하다.

악제와의 대화 속엔 너무 많은 비밀들이 오고 갔으니까.

인간의 정신까지 장악할 수 있는 절대적인 존재를 처음 마주했던 아버지.

한데 자신은 그런 악제를 동요시켜 빈틈을 만들기 위해 노골적으로 정보의 우위를 활용했다.

아버지는 분명 그 대화를 통해 많은 것을 유추해 냈을 것이다.

가문에서 보였던 자신의 행동과 맞아떨어지는 해답을 얻어 내셨을 것이다.

그 증거는 아버지의 저 시리도록 아픈 눈빛이었다.

"힘들지 않았습니다."

무심하게 대답하는 루인.

하지만 카젠은 그 말이 거짓임을 알았다.

그동안 자신이 아들에게서 본 것은 끝없이 풍화된 감정, 더이상 닳을 것도 남아 있지 않은 빛바랜 눈빛.

그것은 전장의 참상을 평생토록 견디고 감내해 온 사자왕에게도 없는 것이었다.

99

대체 무엇을 견뎌 내야 그런 눈빛, 그렇게까지 감정이 닳아 버릴 수 있는지 카젠은 짐작조차 할 수 없었다.

"내 눈은 왜 보지 못하는 것이냐."

그야 마주 보고 거짓말을 할 수는 없었으니까.

루인이 계속 고개를 파묻고 있자 카젠이 담담히 웃었다.

"역시 거짓말엔 서툰 것이냐."

아들의 과거는 모른다.

그러나 저 순수함은 아직 그대로였다.

루인은 절대로 눈을 보며 거짓을 말하는 아이가 아니었다.

카젠이 자리에서 일어났다.

"몸은 모두 회복하고 가거라. 적(敵)에게 너를 드러냈으니 지금부터의 여정이 만만치 않을 것이다."

"……왜 묻지 않으시는 겁니까?"

아버지도 사람이라면 궁금할 것이다.

미래의 자신이 겪게 될 운명, 그 최후에는 무슨 일이 있었는지.

막을 수 있는 불행은 없는지, 앞으로 무엇을 대비해야만 하는지, 또 하이베른가의 미래는 어떠했는지…….

무수한 질문이 입가를 맴돌 텐데도 단 한마디도 하지 않는다는 것.

루인은 그런 아버지의 태도를 쉽게 이해할 수 없었다.

"너의 짐을 함께 나눌 생각은 없다. 네 운명은 네 것이고,

이 사자왕의 운명은 따로 있으니까."

루인은 일부러 딱딱하게 말하는 아버지를 바라보며 실소를 흘렸다.

저 바보 같은 연기는 여전하시다.

자신이 눈을 바라보며 거짓을 말할 수 없는 건 아버지에게 물려받은 것.

아버지는 마음속의 온갖 의문들을 참고 계셨다.

걱정하시는 거다.

자신의 질문을 통해 혹시라도 아들의 아픈 상처, 쓰라린 과거를 들쑤실까 겁이 나시는 것이다.

루인은 아버지 카젠, 하이베른가 사자왕이 이토록 커다란 사람임을 다시 한번 깨닫는다.

그런 아버지가 살아 있음에 감사했다.

이렇게 달려와서 언제라도 볼 수 있음에 안도했다.

"감사합니다. 아버지."

카젠이 문을 열다 말고 물끄러미 뒤를 바라본다.

"그런데 난 언제 죽느냐?"

"……."

어느덧 루인이 창밖의 몽델리아 산을 바라보고 있었다.

◆ ◆ ◆

집무실에 앉아 열심히 서류를 작성하고 있는 소에느.

그녀는 몇 달 전부터 하이베른가의 정식 고문으로 취임해서 활동하고 있었다.

행정 명령(Executive Order) 분야에서만큼은 오히려 가주보다 더 큰 권한을 지닌 직책.

많은 고민 끝에 가주의 제안을 받아들인 소에느는 열정적으로 가문의 구석구석을 탈바꿈시키고 있었다.

특히 회계 분야에서만큼은 아예 다른 가문이 되어 버렸다.

하이베른가에서 일어나는 부정부패의 총지휘자였던 그녀가 회계 분야를 손대기 시작했다?

그것은 그동안 일상적으로 부정을 저질러 온 이들에게는 재앙에 가까운 일.

그녀는 누구보다 하이베른가의 구석구석에 퍼져 있는 부조리들을 줄줄이 꿰고 있었다.

당연히 줄줄 새는 지출을 철저하게 관리 감독할 수 있는 것이다.

더욱이 그녀는 하이베른가와 거래를 하고 있는 무수한 상인 길드와의 관계를 재정립했다.

그녀는 출납관에게 정례적으로 상납하던 상인들의 뇌물부터 폐지했다.

그동안 상납금만 넉넉하게 출납관에게 바치면 매입에 대

해서는 큰 신경을 쓰지 않았다.

하지만 이제는 철저한 품질 관리, 가격 경쟁력, 납기일 준수가 담보되지 않는다면 곧바로 하이베른가와의 거래가 중지되어 버렸다.

길드의 상인들에겐 날벼락 같은 상황인 것이다.

가문의 재정을 타이트하게 옥죄자 느슨한 분위기부터가 달라졌다.

기사들은 더 이상 안주하지 않았다.

가문의 고문 소에느는 그 옛날의 공국으로 치면 집정관(執政官).

그런 집정관이 철저한 성과와 능력 위주의 인사 구조로 개편하겠다고 선언했으니.

더 이상 직책이 높다고 자리만 차지하고 있을 수가 없는 것이었다.

덜컥-

소에느의 집무실에 들어온 루인이 태연하게 테이블에 앉자.

정신없이 서류를 작성하던 소에느가 미간을 찌푸린다.

"업무 중이야."

"대공자는 가주와 더불어 가문의 모든 정무를 관리 감독할 권한이 있지."

나직이 한숨을 쉬던 소에느가 자리에서 일어나 테이블로

103

다가온다.

"검산의 정신을 장악했던 그 괴물과 관련된 이야기라면 내 능력 밖의 일이야. 가주님과 상의해."

루인은 자신의 능력으로 할 수 있는 일과 그렇지 않은 일을 철저하게 구분하는 소에느가 오히려 기꺼웠다.

정무직 관료에게 있어 가장 중요한 자질은 무엇보다도 자기 객관화다.

자신의 능력을 정확히 알고 있어야 실수를 하지 않고 무리를 하지 않는다.

소에느, 자신의 고모는 더 이상 야망의 화신이 아니었다.

그녀는 철저한 반성, 자기 객관화를 마쳤다. 자신의 모자란 점을 뼈저리게 인식한 것이다.

"많이 달라졌군."

"네가 그렇게 만들었으니까."

"니젠 삼촌은 어떻게 지내지?"

"사령관 직책을 이어 가고 있어."

소에느의 말에 루인이 소리 없이 웃었다.

역시 아버지는 자신의 조언을 충실히 따라 주고 있었다.

하이베른가의 기사단이 다리오네가와 세헬가 사이, 즉 파네옴 광산 근처에 진지를 구축한 지도 이제 일 년이 흘렀다.

니젠은 파네옴 광산 진지의 주둔 사령관(Stationed Commander)으로서, 광산 일대의 치안을 유지하고 불안 요소를 감시하고 있는 것이었다.

베른가의 정예 기사단이 파네옴 광산에 떡하니 자리 잡고 있으니, 더 이상 세헬가는 베른가의 눈을 피해 렌시아가와 접촉할 수가 없었다.

길드의 상인들도 엄격한 기사들이 치안 유지를 위해 광산 일대를 활보하고 있으니 딴마음을 먹을 생각도 하지 못했다.

이렇듯, 사자의 가문이 철저하게 힘을 과시하며 장악력을 드리우자 왕국의 북부는 완전히 다른 영지로 변모해 버렸다.

"영지민들의 삶이 한결 나아졌겠군."

루인의 말대로 그런 강력한 철권통치가 반가운 것은 오히려 영지민, 즉 평범한 백성들 쪽이었다.

하이베른가의 강력한 철권통치가 귀족과 길드 상인들의 횡포를 막아 주는 효과를 발생시킨 것이었다.

"설마…… 그것도 네 조언이었어?"

여전히 말없이 웃고 있는 루인을 향해 소에느가 고개를 절레절레 저었다.

"넌 정말 괴물이야."

루인이 무서운 건 단순히 가문과 영지를 안정시키는 방법론이 전부가 아니라는 것이다.

그 모든 과정 속에는 혈족과 가신들의 정신과 신념을 장악하는 묘수가 녹아 있었다.

가문의 배덕자들을 배척하지 않고 오히려 능력에 따라 더

높은 자리의 직책을 하사한다.

인정하는 것이다.

당신이 그만큼 이 하이베른가에 필요한 사람이라는 것을.

그런 가율의 번복을 대속(代贖)의 의식 하나로 무마시켜 버린 것이 바로 저 대공자였다.

이제 그들이 또다시 부정을 저지르고 배덕자로 산다는 것은 저 대공자의 명예를 바닥으로 내던지는 행위나 다름없는 것이다.

그리고 대공자, 그 자신은 기수 쟁탈전으로 스스로의 명예를 최고로 드높였다.

하이베른가의 기사로서 꿈꿔 온 영광, 그 천년 사자의 기백.

그런 영광을 무너뜨리기가 싫어서라도 하이베른가의 기사들은 최선을 다해 임무를 수행할 수밖에 없었다.

그것은 소에느, 자신도 마찬가지였다.

루인이 산더미처럼 쌓여 있는 각종 업무 서류에 질린다는 표정을 했다.

"내 입장에서는 고모도 괴물이야. 난 못 해. 다시는."

대마도사로 살 수는 있어도 또다시 인류 연합을 이끌기는 싫었다.

해 봐서 안다.

저렇게 서류와 씨름하는 일이 마법을 익히는 것보다 더욱 힘든 일이라는 것을.

피식 웃는 소에느.

"그래, 용건이 뭐야."

"내가 사고를 좀 쳐 놔서."

"기수 쟁탈전? 아니면 어브렐가?"

루인이 말없이 빈 서류를 앞으로 끌어당기고는 펜을 들었다.

이내 지도를 그리는 루인.

조금은 엉성했으나 그것이 르마델 왕국의 영토라는 것을 소에느는 금방 알 수 있었다.

루인이 지도 위에 몇 개의 점을 표시했다.

"우리가 왕국 중부의 허리를 끊으면 반드시 렌시아가는—"

소에느가 또다시 웃으며 루인의 말을 잘랐다.

"역시 내 예상과 똑같네. 렌시아 놈들은 언제나 직접적인 충돌보다는 권속을 조정하는 것을 더 선호하거든."

"호오."

"처음은 초원의 로마노스가(家)를 이용할 거야. 전마(戰馬)의 공급을 끊어 버리는 게 가장 효과적이거든."

말(馬)은 기사보다 더 많이 죽는다.

말을 죽여서 기사의 기동성부터 없애는 것. 그것이 전통적인 대기사전 전략의 핵심이었다.

그러므로 오히려 왕국의 기사단들보다 더욱 잦은 전장을 경험하는 용병대들에게 전마의 공급을 끊어 버린다는 것.

그것의 의미하는 바는 명확하다.

"그래. 중부의 용병대는 어브렐가를 버리고 로마노스가와 다시 협력할 가능성이 높다. 마법 아티펙트보다 말이 더욱 소중하니까."

"그 로마노스가는 렌시아가의 오랜 권속이자 강력한 동맹이고."

"해법은?"

소에느가 도도하게 웃는다.

"질 좋은 초목지를 매입할 예정이야. 최대한 북부와 가까운 곳. 최단 시간 내에 병력을 투입할 수 있는 곳으로. 그리고 이미 집사가 좋은 혈통의 말들을 대량으로 사들이기 시작했어."

"직접 목장을 운영할 생각인 거야?"

"당연하지. 어차피 가문에도 필요한 일이었고."

"말을 키우는 건 보통 일이 아닐 텐데. 전문적인 인력이―"

"로마노스가의 가주가 그렇게 평판이 좋은 인물은 아니더라고. 로마노스가 출신의 마필관리사들 몇몇을 포섭할 생각이야. 단, 봉신가를 공표하기 전에."

루인이 웃으며 펜대를 놓았다.

소에느, 자신의 고모는 역시 보통 사람이 아니었다.

"렌시아가가 사상 최강의 전략가를 만났군."

소에느가 일어나 루인을 배웅했다.

"나도 베른(Baron)이야. 대공자."

Chapter. 39

콰앙!

자욱하게 일어난 먼지 사이로 데인의 육중한 검이 쇄도한
다.

롱소드로 사자검을 익히기 시작한 하이베른가의 혈족들이
중검(重劒)인 바스타드 소드로 넘어가는 시기는 성년.

하지만 데인은 루인의 도움으로 4성의 경지를 빠르게 이루
었고, 스피릿 오러를 제법 익숙하게 다루게 된 지금은 5성까
지도 넘보고 있었다.

성년을 불과 1년 앞두고 있는 데인.

콰아아앙!

육중한 철제 갑옷이 덧씌워진 연습용 허수아비가 걸레짝처럼 짓이겨진다.

웬만한 수련 기사들에게도 한 달은 충분히 버티는 허수아비였으나 데인은 불과 반나절 만에 박살을 내 버린 것이다.

쿠웅!

"허억허억!"

턱까지 차오른 숨.

온몸의 힘이 쭉 빠졌으나 데인은 바스타드 소드를 쥔 손을 결코 놓지 않았다.

"제법이구나."

"형님……!"

루인을 발견한 데인이 비틀거리면서도 예를 갖췄다.

"몸을 너무 혹사하는 방식이다."

데인이 씨익 하고 웃었다.

"중검사(重劒士)는 손아귀가 찢어지는 만큼 성장한다."

루인이 묘한 표정으로 서 있자.

"아버지의 일관된 말씀이십니다."

"……무식해."

루인이 훈련장의 관람용 의자에 걸터앉고는 흐뭇하게 웃었다.

이 하이베른가에서 데인이 가장 행복해 보였다.

자신과의 싸움만을 이어 갈 수 있는 최고의 환경에서, 데인은 누구보다 빠르게 성장하고 있었다.

이대로 몇 년만 더 지난다면 아카데미의 이명 생도 수준을 충분히 돌파할 수 있을 것이다.

과연 검술왕의 성장 속도는 무서울 정도였다.

"형님이 그런 말을 할 자격이 있는지 모르겠습니다."

"무슨 소리냐?"

"그런 엄청난 기수 쟁탈전을 치르고도 저더러 무식하다는 말이 나옵니까?"

"……아."

하이베른가 대공자, 루인은 초인을 꺾었다.

불과 일 년 전까지만 해도 걸음조차 제대로 걷지 못했던 폐인이었던 형님.

죽음과 삶 사이를 오가며 평생을 누워만 있던 하이베른가의 대공자.

그런 그가 일 년 사이에 초인을 꺾을 정도까지 성장했다는 것은 기적 따위로 치부할 수 있는 일이 아니었다.

그건 세상에 존재할 수 없는 이적(異蹟)이었다.

그리고 그런 이적을 만들어 낸 자의 노력이 평범할 리가 없었다.

범인이 상상도 할 수 없는, 어떤 인간도 흉내 낼 수 없는 나날들을 보내 왔을 것이다.

"무리하지 마십시오."

함께 의자에 걸터앉아 물을 마시고 있는 데인.

입을 스윽 닦고 다시 검을 쥐며 훈련장으로 나아가려는 데인을 루인이 제지했다.

"더 쉬거라."

"아직 멀었습니다."

한숨을 쉬는 루인.

"후…… 마법에 몸을 담고 있는 내가 사자검에 대해서 왈가왈부할 수는 없겠지만 하나는 안다."

"예?"

"하늘의 성긴 그물은 언젠가 모두에게 닿는다."

"그게 무슨 말입니까?"

"너무 스스로를 몰아붙이지 말거라. 자칫 집착과 편협을 낳는다. 의지와 뜻이 있다면 언젠가 닿을 수 있으니."

그것은 검이든 마법이든 상관없이 적용되는 법칙이었다.

하지만 정작 그렇게 말하는 루인 역시 스스로에게 하는 다짐이었다.

악제라는 절대적인 적을 상대하기 위해 지금까지 너무 지나치게 자신을 몰아붙였다는 것을 스스로도 느끼고 있는 것이다.

어그러지는 자신의 마음이 느껴진다.

순수한 열의는 집념으로 바뀌고, 그 집념은 집착을 낳는다.

편협, 아집, 욕망…….

부정한 생각들은 그렇게 탄생된다.

"너와 나. 경지를 꿈꾸는 모든 이들이 가슴에 새겨야 하는 말이다."

언젠가 하늘의 뜻이 모두에게 닿는다는 말.

그것은 검성 월켄이 입버릇처럼 했던 말이었다.

날로 피폐해져 가는 인간 진영의 영웅들에게 그는 마치 아버지와 같은 존재였다.

"그는 아직 의식을 차리지 못했느냐?"

"검산님이요?"

"그래."

"예. 아직입니다."

루인이 눈부신 하늘을 바라보았다.

검성을 누구보다 잘 알기에 그가 다시 의식을 되찾을 수 있을 거라는 강력한 믿음이 있었다.

하지만 악제의 사념을 한 번이라도 받아들였다는 사실이 내내 불안했다.

한 번이라도 사념의 인(刃)을 박아 넣은 인간을 악제는 결코 놓치는 법이 없었으니까.

하루라도 빨리 성녀를 찾아야 했다.

테아마라스의 유적을 살피는 것에 성공한다면 루인은 곧바로 성녀를 찾아 나설 계획이었다. 오직 그녀만이 월켄의 청염을 없앨 수 있었다.

의자에서 일어나는 루인.

"그럼 데인. 나중에 보자꾸나."

데인은 이대로 형님이 아카데미로 가면 또 한동안은 가문에 복귀하지 않으리라는 것을 잘 알고 있었다.

그런 데인이 계속 입술을 오물거리며 망설였다. 뭔가 말을 아끼고 있는 태가 역력했다.

"다른 할 말이 있는 것이냐?"

힘겹게 말문을 여는 데인.

"……저는 많이 어리석었습니까?"

루인의 동공이 확장된다.

"뭐……?"

"저와 대련을 하던 검산이 말실수를 한 적이 있습니다."

아마도 월켄이 베른가의 혈족들이라서 회귀(回歸)에 대해 모두 알고 있을 거라 생각하고 말실수를 한 모양이었다.

이제야 루인은 쉽게 눈치를 채셨던 아버지를 납득했다.

"저는 형님에게 가족이 맞습니까?"

"무슨 뜻이냐?"

다소 화가 난 듯한 데인의 표정.

"가문의 외부 인물에게도 털어놓으셨던 형님의 비밀을 왜 저는 모른단 말입니까."

아, 이 입 싼 놈을 어떻게 골탕 먹여야 할까.

루인이 미간을 구기며 입술을 깨물자 데인이 고개를 가로

저었다.

"검산님을 원망하지 마십시오. 그가 직접적인 사실을 말한 적은 한 번도 없습니다. 그저 파편 같은 작은 단서였습니다."

그 말을 듣는 순간 루인은 월켄이 왠지 일부러 그랬을 수도 있다고 생각했다.

그는 사람의 관계, 인연과 정을 누구보다 소중히 생각하는 본성을 지닌 사내.

"그동안 설명할 수 없었던 형님의 모든 것들이 그 하나의 가정에 완벽하게, 모든 것이 맞아떨어졌습니다. 그리고 형님 께서 제게 했던 말들을 모두 곰곰이 생각해 보니……."

데인이 고개를 들어 루인을 응시한다.

왠지 시리도록 슬픈 그의 두 눈.

"형님께서는 분명 제게 또다시 용렬한 영주가 될 것이냐고 화를 내셨지요."

  -언제까지고 기수가의 명예라는 허상에 사로잡혀 현실을 외면할 것이냐! 또다시 용렬한 영주가 되고 싶은 것이냐 데 인!

루인은 쓸쓸하게 웃고 말았다.

무심결에 소리쳤던 자신의 그 말이 이 어린 동생의 가슴에 그리도 알알이 박혀 있었던 것이다.

"……제가 정말로 용렬한 영주였습니까?"

"……."

"형님의 기억 속에 용렬한 동생이었으니 절 그토록 치열하게 몰아붙이셨겠지요."

데인의 두 눈에 잿빛 감정이 얽히기 시작하자.

루인의 표정이 무겁게 굳어졌다.

"시끄럽다."

다시는 동생의 죽은 눈빛을 보기 싫어서 했던 선택이었다.

루인은 그 선택을 결코 후회하지 않았다.

"이 대마도사 루인의 기준이 높을 뿐이다. 너는…… 데인은……."

루인이 데인의 머리를 헝클었다.

"검술왕은 세계의 영웅이었다."

"검술왕(劍術王)……?"

묘한 표정으로 굳어 있는 데인을 향해 루인이 웃어 주었다.

"다시 검술왕이 될 수 있겠느냐?"

환하게 웃으며 정신없이 고개를 끄덕이는 데인.

"예! 형님! 반드시 검술의 왕이 되겠습니다!"

"그래. 할 수 있다."

그렇게 대공자 루인이 훈련장을 떠나갔다.

그런 루인의 뒷모습을 바라보며 두 주먹을 으스러져라 말아 쥐는 데인.

반드시 형님의 기준을 만족할 최고의 기사가 될 것이다.

◆ ◈ ◆

월켄이 조용히 눈을 떴을 때.

그는 자신을 바라보는 시선을 느꼈다.

월켄은 루인의 시선을 외면했다.

루인이 소리 없이 웃었다.

"부끄러운 것이냐."

청염의 무시무시한 권능과 악의를 직접 경험한 월켄의 표정은 심각해 보였다.

검을 아무리 갈고닦아 최강의 경지를 이룩한다고 해도, 자아가 자신의 것이 아닌데 그게 다 무슨 소용이 있겠는가.

"……이 빌어먹을 악제의 청염을 없앨 방법이 뭐지?"

루인이 단호하게 대답했다.

"성녀를 만나야 한다."

"성녀?"

"너와 나의 동료였다."

"동료……."

끊임없이 흔들리는 월켄의 눈빛.

그를 안심시키기 위해 루인은 좀 더 자세히 성녀에 대해 말해 주었다.

"그녀는 '존재'들의 목소리에 직접 화답할 수 있는 위대한 성녀다. 대자연을 이해하는 능력 또한 마법사들보다 오히려 더 뛰어나며, 사람의 마음, 그 본질을 들여다보는 심안(心眼) 능력도 타고났다. 거짓을 가려내는 그녀의 능력 덕분에 우린 많은 배신자들을 솎아 낼 수 있었지."

"지금 그녀는 어디에 있지?"

고개를 가로젓는 루인.

"모른다. 내가 아는 건 이름, 그리고 독특한 상처 자국뿐이다."

월켄이 금방 얼굴을 찌푸렸다.

"우리의 동료였다고 하지 않았나?"

"동료라고 해서 모두의 마음을 아는 건 아니지."

몸을 일으킨 월켄이 청명한 겨울 하늘의 창밖을 응시했다.

"그래. 가족의 마음도 모르는 것이 인간들이니까."

월켄은 한 번도 가족이라는 것을 가져 보지 못했다.

그렇기에 부모와 형제들에게까지 자신의 비밀을 밝히지 않은 루인을 이해할 수 없었다.

그런 게 무슨 가족이란 말인가.

"역시. 네 의도였군."

"너도 후련할 텐데."

월켄의 말대로 한결 마음이 후련한 건 사실이었다.

그러나 자신의 비밀에 대해 아는 사람이 점점 많아진다는 것은, 미래에 불확실한 영향을 끼칠 수 있는 부정적인 요소가 늘어나는 일.

아버지와 데인 정도까진 어떻게든 괜찮겠지만, 자신의 비밀이 새어 나가는 것을 계속 방치할 수는 없었다.

월켄을 단속해야 했다.

"더 이상은 사양한다. 내 삶은 세계의 비밀과 닿아 있다. 아무리 너라고 해도—"

"그럴 작정이다."

"그래. 믿겠다."

그가 대답한 이상 더 말할 필요는 없었다.

검성은 말의 무거움을 아는 기사니까.

"성녀는 내가 직접 찾겠다."

"사자성 밖으로 나가는 것은 위험하다."

월켄이 피식 웃었다.

"한 번 이겼다고 이 월켄이 만만해 보이나?"

한숨을 내쉬는 루인.

"기사로서의 네 역량을 무시하는 것이 아니다. 악제는—"

"그래. 무섭고 치밀하겠지."

검성의 투기, 패왕 바스더로부터 이어진 혼돈의 오러가 끓어오른다.

쿠쿠쿠쿠쿠

지축이 흔들리는 굉음, 그렇게 초인의 투기가 호수 별장을 통째로 집어삼킨다.

콰아아아앙-

"그래서?"

루인은 등줄기에서 전율이 치밀었다.

기수 쟁탈전이 끝난 지 얼마나 됐다고 그 짧은 사이에 월켄의 역량이 훨씬 강화되어 있었다.

정신 마법 없이 다시 붙는다면 승부를 장담할 수 없을 정도로.

실로 엄청난 속도!

과연 유일무이한 검술의 천재, 검성이었다.

"너에게 나는 과거의 인연일지 몰라도 내겐 아니다."

"……."

"더 이상 날 통제하려 들지 마라. 하이베른가의 대공자."

물론 루인은 대마도사로서의 역량을 드러내어 월켄을 강압적으로 다룰 순 있었다.

하지만 그건 좋은 방법이 아니었다.

월켄은 소중한 동료다.

그가 스스로 움직이려고 한다면 그를 돕는 것이 대마도사의 일.

"아르디아나. 목 뒷덜미에 불에 그을린 듯한 낙인을 지닌 소녀다."

"뭐……?"

검성, 월켄의 반응이 심상치 않았다.

루인이 벌떡 일어나며 소리쳤다.

"그녀를 본 적이 있는 건가!"

너무나도 황당하다는 듯, 월켄의 표정이 거칠게 일그러져 있었다.

"아르디아나는 하이렌시아가에서 내 시중을 담당했던 하녀의 이름이다."

"목뒤! 그녀의 목덜미를 본 적이 있나!"

루인의 반사적인 외침에 월켄이 고개를 가로젓는다.

"네가 말했던 낙인 같은 건 본 적이 없다. 아니 확인한 적이 없다는 표현이 좀 더 맞겠군."

"확인하지 못했다니?"

"특별한 사이도 아닌데 머리칼로 감춰져 있는 뒷목을 들춰볼 일이 생길 리가 없잖아?"

아르디아나.

분명 흔한 이름이다.

하지만 렌시아가는 악제와의 강력한 연관성이 의심되는 가문.

루인은 그런 평범한 이름의 소녀가 렌시아가에 존재한다는 것에 본능적인 기시감을 느꼈다.

"그녀의 외모적 특성은 어땠지? 세월이 흘러도 변함없이 늘 그대로였나?"

"사람의 외모가 갑자기 변하기라도 한다는 소리 같군?"

루인의 두 눈이 침잠하게 가라앉는다.

"과거의 우린 그녀와 함께 50년간 인류 연합을 이끌었다."

"그런데?"

"그런 긴 세월 동안 그녀의 외모는 변함이 없었다. 즉 늙지 않는다는 뜻이지."

신의 힘과 닿아 있는, 신성한 능력을 타고난 아르디아나는 반백 년이 지나도록 노화하지 않았다.

앳된 소녀의 모습이 수십 년간 지속되자 그런 아르디아나를 두고 마녀라고 생각하는 병사들이 속출할 정도였다.

인상을 찌푸리는 윌켄.

"내가 렌시아가에서 지낸 건 고작 몇 달에 불과하다."

루인이 답답하다는 듯 다그친다.

"말투는? 혹 그녀가 남부식 사투리가 깃든 공용어를 구사했나?"

"난 대륙 남부의 사람을 만나 본 적이 없다."

"……."

한참을 멍하게 굳어 있던 루인은 결국 허탈하게 웃고 말았다.

윌켄은 그 옛날의 검성(劒聖)과는 전혀 상관없는 인물 같았다.

구사하는 검술만 같을 뿐, 그 의식과 경험이 비교하기조차 민망할 정도였다.

하긴, 지금의 월켄은 수십 년 후에 만났을 완성형 검성의
어린 시절.

이질감이 느껴지는 건 어쩌면 당연한 일이었다.

'만약 진짜 아르디아나가 맞다면…….'

그렇다면 의문은 더욱 짙어진다.

악제와의 연관성이 의심되는 렌시아가와 성녀 사이에 대
체 무슨 접점이 있는 거지?

지독히도 불길한 예감.

지금의 아르디아나가 악제의 의지에 의해 구속된 상태라
면…….

과거 그런 성녀가 의도를 갖고 인류 연합을 찾아온 것이라
면…….

뿌드득

부서져라 이를 깨무는 루인.

과거, 악제의 의지대로 움직이는 성녀가 검성을 조종하여
인류 연합으로 이끌었을 수도 있었다.

인류 연합의 탄생부터가 흩어져 있는 인류의 역량을 고의
로 결집시키기 위한 악제의 의도일 수 있는 것이다.

자신이 성녀에 대해 아무것도 모르는 것이 그런 불안을 더
욱 가중시켰다.

생각할 수 있는 가장 최악의 가정이었지만 결코 배제할 수
없었다.

"악제의 청염은 내 문제다. 성녀는 내가 찾겠다. 일단 렌시아가로 가서 아르디아나를 만나지."

루인이 그런 윌켄을 말리려다 이내 뜻을 삼켰다.

함께 가고 싶은 마음이 굴뚝같았지만 그랬다간 일이 더욱 복잡해진다.

자신이 나선다면 그건 대공가의 공식적인 행사가 될 테니까.

"투기를 조금 드러내 봐라."

부우우웅-

루인의 염동력에 의해 섬세한 마력이 허공에 얽히기 시작했다.

"네 투기를 추적하는 마법이다. 너에게 무슨 일이 생긴다면 내가 곧바로 알아차릴 수 있지."

"추적?"

"혼자 갈 거라면 내 마음이라도 편하게 해 줘야지."

"으음……."

자신을 미덥지 못하게 여기는 루인이 마음에 들지 않았지만 결국 윌켄은 못 이기는 척 투기를 끌어올려 주었다.

우우웅-

루인의 마력이 윌켄의 투기와 얽히며 반응하다 추적의 룬(Rune) 문양으로 화했다.

자신의 룬 마법이 윌켄의 내부에 스며들자 루인이 다시 말했다.

"그녀의 목뒤 낙인을 먼저 확인해라. 낙인이 없다면 어설프게 추궁하지 말고 일단 무조건 관찰해."

"왜지?"

목뒤에 낙인이 없다고 해도 그녀가 성녀가 아니라는 확증은 될 수 없었다.

그 낙인이 미래에 생긴 것일 수도 있기 때문이었다.

"청염이 급한 것은 이해한다. 하지만 지금의 그녀는 성녀의 능력을 각성하지 못했을 확률이 높다. 그리고……."

루인은 성녀가 악제의 사람일지도 모른다는 자신의 생각을 말하려고 했지만 쉽게 입을 열 수 없었다.

분명 강력한 의심이 들었지만 확신은 아니었기 때문.

설사 현재의 그녀가 악제의 사람이라고 해도, 훗날 성녀의 능력을 각성하여 악제의 영향력에서 벗어났을 가능성도 있었다.

"움직이는 것도 아무렇게나 움직이면 안 돼. 넌 우리 하이베른가가 구속을 선언한 대상이다. 정 나가야겠다면 우리 가문에게 적당한 사건이나 명분을 주어야 한다."

귀족들의 복잡한 정치 세계에 대해 잘 알지 못하는 월켄이 얼굴을 찌푸렸다.

"사건은 뭐고 명분은 뭐지?"

"네가 우리 기사들을 다 때려눕히고 스스로 탈옥을 했다든지,

아니면 네가 끝까지 알칸 제국의 제국법으로 처벌받겠다며 입을 닫았다든지 하는 그런 일. 전자는 '사건'이 되겠고, 후자는 우리가 풀어 줄 '명분'이 되겠지."

기사를 꿈꿔 온 이에게 불명예스럽게 탈옥이라니.

월켄은 망설임 없이 후자를 선택했다.

"명분으로 하지. 난 알칸 제국의 제국법에 따라 처벌받겠다."

루인이 씁쓸하게 웃었다.

"네가 초인이라는 것이 르마델 왕국의 전역에 드러났다. 알칸 제국이 네 검술을 추적하지 않을 리가 없지."

알칸 제국의 특작 정보부가 지닌 정보력은 상상을 불허하는 수준.

이미 알칸 제국은 월켄이 패왕 바스더의 후예라는 것을 파악하고 신변 확보를 위한 다음 작전으로 넘어갔을 수도 있었다.

"……어쩌라는 거야?"

"그냥 우리 하이베른가에 있어라."

초인의 투기를 드러내며 강짜를 부렸는데도 루인은 물러서거나 양보하는 법이 없었다.

월켄이 뭐라 말하기도 전에 루인이 먼저 입을 열었다.

"방금 네게 정신 방호 주문을 함께 걸었다. 이제 악제가 다시 네 의지를 잠식하려 든다는 건 목숨을 걸어야 할 정도의 모험이라는 뜻이다. 또한 반드시 정체가 드러날 수밖에 없지."

"……."

"명심해라. 아르디아나가 우리의 성녀 듯이—"

치밀하고 촘촘한 감정으로 얼룩진 루인의 두 눈이 월켄을 다시 직시했다.

"나 역시 너의 대마도사다."

알칸 제국과 렌시아가의 음모에 유일하게 방패가 되어 줄 수 있는 곳.

지금의 월켄에겐 이 사자성, 그리고 대마도사인 자신의 곁이 가장 안전했다.

"아르디아나는 내가 알아보겠다. 넌 여기에 남아……."

"부탁이냐 명령이냐."

"당연히 부탁이다."

이내 신중하게 생각에 잠기는 월켄.

하지만 그는 이미 결정한 판단을 바꾸는 일은 하지 않았다.

"호의는 고맙게 받아들이지. 하지만 역시 내 일엔 내가 나서야 한다는 생각에는 변함이 없다."

루인이 피식 웃었다.

고집 하나는 그대로였다.

어떤 순간, 어떤 상황에서도 검성 월켄은 한번 세운 자신의 뜻을 다시는 번복하지 않았다.

"그럴 줄 알았다."

씨익.

하지만 자신도 여전히 그 옛날의 대마도사다.

〈죄인 월켄이 구금을 거부하고 본 가를 탈주했다! 하이베른가의 기사들은 즉시 모든 행위를 멈추고 명을 대기하라!〉

루인의 절대언령을 바로 코앞에서 들은 월켄의 얼굴이 흙빛으로 변한다.

망설임 없이 뒤돌아서는 루인.

"나도 내 방식대로."

역시 대마도사는 대마도사다워야지.

◆ ◈ ◆

다시 렌시아가로 가겠다는 월켄이 불안하긴 했지만, 지금으로썬 정신 방호 마법과 추적의 룬(Rune) 마법이라는 안전장치를 믿을 수밖에 없었다.

그러나 아무리 대마도사의 마법이라고 해도 그 지속 시간에는 한계가 있는 법.

특히 추적 룬 마법은 한 달 정도가 효과가 지속되는 최대치였다.

그리고 악제가 생각보다 렌시아가와 가까운 관계라면 더욱 큰 문제였다.

함부로 신분을 드러내지 않을 것이라는 자신의 예상이 깨질 수가 있었다.

정신 방호 마법을 뚫으려는 악제의 시도 역시 배제할 수 없는 일인 것이다.

그때.

덜컥-

루인의 방문을 단숨에 열고 들어온 카젠이 심각하게 입을 열었다.

"탈주라니, 대체 무슨 소리냐?"

루인이 한숨을 내쉬었다.

"놈의 고집은 막을 수 있는 것이 아닙니다. 그래 봤자 괜히 역효과만 불러일으키니까요."

"이건 본 가의 명예가 달린 일이다! 죄인이 저리도 손쉽게 탈주를 한다면 모두가 우리를 우습게 볼 것이다!"

"방법이 없었습니다. 국왕 앞에서 우리가 손수 죄인을 구금하겠다고 밝힌 마당입니다. 죄가 없어 그냥 풀어 준다고 말할 수는 없는 일이지요."

"하지만……!"

"녀석을 이해해 주십시오. 아버지."

자신의 인격과 자아가 걸린 일이었다.

가까운 미래에 자신의 자아를 스스로 통제할 수 없게 된다면, 누구라도 뛰쳐나가 해결책을 찾으려 들 것이다.

"렌시아가 그를 통제하도록 두어도 괜찮겠느냐?"

"이런 상황을 대비해서 이미 모든 진실을 녀석에게 알렸습니다. 그들에게 회유될 가능성은 없습니다."

루인은 완벽한 확신이 없이는 결코 함부로 단언하지 않는다.

그런 루인이 가능성이 없다고 말한다면 카젠은 충분히 안심할 수 있었다.

"차라리 이번 일을 기회로 삼았으면 해요."

또각또각.

경쾌한 구둣발 소리.

방에 들어오자마자 자신의 의견을 말하고 있는 소에느에게 루인의 질문이 이어졌다.

"기회?"

"나중을 대비하는 명분으로 그치지 말고, 오히려 검산의 탈주를 왕국에 공표하는 거야."

"으음……."

루인도 생각해 보지 않은 일은 아니었다. 하지만 그 일엔 위험 부담이 조금 있었다.

"알곡과 가라지를 구분하자는 말이지?"

미소 짓고 있는 소에느.

"일단 그게 첫 번째 효과야. 움직이는 귀족가들이 반드시 나타날 테니까."

"그래. 월켄의 탈주를 도우려는 자들이 있을 테니."

카젠이 더욱 심각해졌다.

"북부의 가문들 중 말이냐?"

"당연합니다. 본 가의 지척인 세헬가를 수족처럼 조종했던 놈들입니다. 다른 북부의 가문들도 충분히 가능성이 있죠."

다시 루인의 시선이 소에느에게 향했다.

"두 번째 효과도 있어?"

"보웬 남작의 석방을 거부하는 강력한 명분을 챙길 수 있어."

죄인이 탈주해 버린 대사건을 공표한다면 함부로 보웬 남작을 풀어 줄 수 없다는 주장이 좀 더 수월해지는 것.

"세 번째는 우리의 추적대가 남부를 관통할 수 있는 명분도 생길 수 있다는 거야. 추적을 핑계로 렌시아가의 코앞까지 정찰할 수 있잖아."

소에느의 말에 루인이 두 눈을 동그랗게 떴다.

마지막은 앞선 두 개의 효과보다 훨씬 마음에 들었다.

지금 하이베른가에게 가장 부족한 것은 정보의 부재.

이번 기회에 렌시아가의 영지를 정탐하여 정보를 모은다면 앞으로의 계획에 큰 도움이 될 것이 분명했다.

더욱이 하이베른가의 기사들이 왕국의 남부에 들어간다는

것은, 귀족들의 세계에서 어떤 상징적인 의미가 될 수도 있었다.

"혹시 네 번째도 있어?"

소에느가 더욱 화사하게 웃었다.

"가는 길에 봉신가의 깃발을 어브렐가에 하사하고 오는 거지."

순간 루인은 소름이 돋았다.

남부로 향하는 하이베른가의 기사들을 왕국의 모든 귀족들이 지켜보는 상황.

그런 엄중한 상황에서 봉신가 공표가 이뤄진다면 그 효과야 이루 말할 수 없을 것이다.

루인은 처음으로 소에느가 무서웠다.

"그 짧은 시간에 이 모든 걸 생각해 내다니……."

소에느의 고운 이마가 찌푸려진다.

"뭐래. 진짜 괴물이."

하이베른가를 나서는 루인의 발걸음은 한결 가벼웠다.

근 일 년 가까이나 왕립 아카데미 생활에만 집중했기 때문에 가문의 상황을 제법 걱정했었다.

하지만 그런 우려가 무색할 정도로 가문은 이전보다 훨씬 잘 운영되고 있었던 것.

뛰어난 능력을 지녔을 거라고 짐작은 했었지만, 소에느의 역량은 그런 자신의 예상조차 뛰어넘는 수준이었다.

회계 장부를 모두 꼼꼼하게 살피고 온 루인은 그녀의 철두철미한 일 처리에 감탄을 금할 수가 없었다.

막대한 군비 지출을 상시적으로 유지해야 하는 하이베른가의 특성상, 지금까지의 가문은 늘 적자 상태를 면하지 못했다.

한데 소에느는 그런 하이베른가를 단 3개월 만에 흑자 경영으로 탈바꿈시켜 놓았다.

그건 단순히 가문의 창고를 넉넉하게 채운 수준이 아니었다.

철저한 성과제에 따른 보상과 불이익으로 가문의 모든 구성원들을 능동적으로 변모시켰다.

게다가 가문과 다양하게 얽혀 있는 이해관계들을 적당히 조율하고, 암암리에 벌어지던 부조리들을 완벽히 타파했으며, 방계와 봉신가들의 불만까지 적당한 교섭으로 모두 잠재워 버렸다.

가장 중요한 것은, 그녀가 이 모든 과정을 가문의 구성원에게 강요하면서도 결코 사자의 면모를 잃지 않았다는 것.

그녀는 사자의 힘을 철저하고 잔인하게 구사하면서도, 구석에 내몰린 이들에게만큼은 넉넉한 자비와 아량을 베풀었다.

그것은 단순히 부를 축적하고 경영하는 수준을 넘어선 무언가였다.

소에느 프란시아나 베른.

아버지의 부재를 틈타 단 십여 년 만에 그녀가 완벽하게 가문을 장악할 수 있었던 이유.

드러난 소에느의 능력은 루인이 보기에도 실로 무서운 것이었다.

만약 자신의 고모가 혈통의 정통성을 지닌 남자로 태어났다면 어땠을까.

하이베른가 역사상 최초로 장남이 아닌 차남에게 기수의 권위가 이어졌을 수도 있었다.

'아…….'

한마디도 없이 묵묵히 자신을 따라 걷고 있는 리리아를 그제야 인식하게 된 루인.

그동안 루인은 어브렐가와 맺은 봉신가의 맹약, 그리고 월켄의 일과 가문의 경영까지 신경을 쓰느라 한동안 리리아에게 소홀했다.

조금은 미안했는지, 루인이 어색하게 걸음을 멈추며 리리아에게 물었다.

"조금 쉬다 갈까."

"괜찮다."

특유의 무표정한 리리아를 바라보며 루인은 피식 웃어 버렸다.

그녀는 다시 혼돈마의 꼬리를 활용해 에어라인으로 가려던 자신의 손을 한사코 거부했다.

분명 시간을 많이 절약할 수는 있었지만, 몸에 엄청난 부담이 되는 방식이라는 걸 지금까지 모두 지켜봤기 때문이었다.

혼돈마의 꼬리는 마력을 극한으로 주입하면 음속까지 돌파할 수 있는 뛰어난 아티펙트로 변모한다.

그러나 인간의 몸이 음속을 감당하려면 강력한 육체 강화 마법이나 배리어계 마법이 반드시 필요했다.

그동안의 여정에서 루인은 혼돈마의 꼬리에 마력을 밀어 넣으면서도 배리어계 수호 마법까지 함께 운용해 왔던 것.

그런 혼돈마의 꼬리를 구동하는 데 필요한 마력은 상당했다.

루인의 막대한 융합 마력으로도 수십 번을 연속으로 구동하면 마나 번의 위험에 빠질 정도.

물론 그런 배리어가 살을 에는 바람까지 모두 막아 주는 것은 아니었다.

투명한 배리어 사이로 쏟아지는 풍압에 리리아는 몇 번이고 기절을 경험한 상태였다.

"잠시 쉬자."

"……."

무심하게 서 있던 리리아.

하지만 루인이 나무 그늘에 앉자 어쩔 수 없다는 듯이 그녀도 함께 앉았다.

"왜 넌 나에게 한 번도 묻지 않지?"

분명 궁금한 것이 많을 것이다.

누가 봐도 마계의 생물이라 짐작할 수 있을 만큼 흉측한 마물의 꼬리.

자신의 가문이 갑작스럽게 하이베른가의 봉신가가 된 사연.

월켄의 의식을 잠식했던 악마적인 존재.

더욱이 그런 존재를 마치 알고 있는 듯이 대처했던 자신의 모습까지.

다른 사람이었다면 벌써 몇 번이고 물었을 만한 불안한 의문들.

그러나 그녀는 단 한 번도 자신의 속내를 입 밖으로 내뱉은 적이 없었다.

"뭘?"

"이것저것 다."

리리아가 바닥의 풀을 매만지며 소리 없이 웃었다.

"언니가 살았어."

"음……."

"난 그거면 돼."

많은 의미가 함축된 리리아의 대답.

분명 그 말은 모든 의문을 삼킬 수 있을 만큼 받은 은혜가 크다는 의미일 것이다.

"정말로 하나도 궁금하지 않나?"

"궁금하다."

"그런데?"

한 움큼 베어 쥔 풀을 허공에 뿌리던 리리아.

"널 알아 가는 만큼 내 생각이 복잡해질 게 뻔하다."

본인의 심상이 어지러워질 테니 마법의 경지에는 도움이 되지 않는다는 뜻일 것이다.

그런 리리아의 대답이 진실일 리가 없었다.

무심한 척을 하고 있지만 그녀는 자신이 경험한 어떤 생도보다도 궁금한 것을 참지 못하는 성격을 지니고 있었다.

하지만 루인이 잘못 알고 있는 것.

리리아가 진심으로 궁금해하는 것은 따로 있었다.

"아버지의 혼인 동맹을 거절했다고 들었다."

"……."

리리아의 얼굴에는 이미 옅었던 웃음기마저 사라진 상태.

"부담스러운 요구였다."

"부담……?"

리리아의 표정이 금방 복잡해진다.

"그 말은…… 내가 부담스럽다는 뜻인가……?"

"지금의 권력 지형에서 하이베른가 대공자의 아내는 여러 정치적인 집단의 표적이 될 확률이 높다."

"……."

"네가 가문의 정원을 가꾸며 살아가는 여성스러운 성향은
아니잖아. 분명 이 왕국의 마법사로 활동할 텐데, 그런 네게
나와의 혼인 동맹은 자살행위다."

"그것이 거절한 이유의 전부라고?"

루인은 오랜 혹한의 세월을 견뎌 온 대마도사.

리리아의 이런 노골적인 반응을 두고도 아무것도 느끼는
것이 없다면, 오늘부로 대마도사의 명성을 내려놓아야 할 것
이다.

"날 좋아하지 마라."

"무, 무슨 소리……!"

좋은 사람을 가까이에 두고 싶은 마음은 사람이라면 누구
나 있을 것이다.

사람은 사회적인 동물이니까.

이런 정도가 루인이 리리아에게 가지는 감정의 전부였다.

남녀 사이의 애정이나 사랑은 대마도사에게 너무 먼 추억
이자 파편.

대마도사 루인에게 리리아는 어린 소녀가 아니라 아기나
다름없었다.

루인이 웃으며 리리아의 머리를 흩트렸다.

"하지 말라면 하지 마라."

리리아가 입술을 깨물며 루인의 손을 뿌리친다.

"이런 거 하지 마."

처음으로 자신의 머리칼을 쓰다듬은 남자.

처음부터 이것 때문이었다.

가슴이 두근거리기 시작한 것이.

"너……."

리리아의 말을 듣지도 않고 일어나 버린 루인.

그러나 루인의 걸음은 금방 멈추고 말았다.

"루이즈가 너를 좋아하는 것 같다."

"뭐……?"

획 하니 뒤돌아보는 루인의 얼굴이 마치 악마처럼 일그러져 있었다.

"그게 무슨 뜻이지? 루이즈가 그런 말을 한 적이 있나?"

리리아가 당황한 듯이 대답했다.

"그, 그런 말은 한 적은 없지만 분명 내가 보기에……."

"그럴 리가 없다! 헛소리하지 마! 아무리 너라고 해도 그런 바보 같은 소리를 한 번만 더 입 밖으로 내뱉는다면 그땐 용서하지 않을 거다!"

여자의 호감에 반응하는 남자의 태도치고는 지나치게 신경질적이고 이질적인 반응.

"대체 왜 그러는 거지? 루이즈가 뭘 잘못한 거라도 있는 건가?"

"시끄럽다!"

다시 홱 하고 돌아서는 루인.

루이즈는 시르하의 여자.

그런 루이즈가 자신을 사랑할 리가 없었다.

결코 일어나서는 안 되는 일.

그렇게 루인은 리리아의 말을 부정하면서도 한편으로는 내심 불안했다.

쉽게 부정하기엔 여자의 감은 무시할 만한 성질의 것이 아니니까.

"왜 그런 말도 안 되는 소리를 한 거지?"

"……느낄 수 있다."

그건 말로 설명할 수 있는 게 아니었다.

인과를 살피는 마법사의 냉철한 직관으로는 분명 설명할 수 없었다.

하지만 같은 여자만이 느낄 수 있는 강력한 무언가가 있었다.

루인을 바라보는 눈빛과 표정, 그리고 살갑고 따뜻한 미소.

루이즈의 미소를 바라보는 자신의 가슴이 아렸다.

리리아가 그 감정의 정체를 깨닫게 된 건 한참이 지나고 나서였다.

이내 한숨을 내쉬는 루인.

'역시 어린 시절의 몸은 여러모로 불편하군.'

혈기 왕성한 아이들과 부딪힐 수밖에 없는 여건이었다.

물론 어린아이들이 서로에게 좋아하는 마음을 가지는 건 자연스러운 일.

그러나 불행하게도 자신은 이미 닳고 닳아 버린 대마도사였다.

루인은 자신의 태도를 좀 더 명확하게 표현할 필요성을 느꼈다.

"난 네가 여자로서 마음에 들지 않는다."

"……."

멍해진 리리아.

"앞으로도 마찬가지다. 나에게 넌 여자가 아니라 그냥 리리아다."

루인이 자신의 할 말만 끝내고 홱 하니 걸어갔다.

가슴을 간질이는 듯한 묘한 감정.

리리아가 두 주먹을 꾹 움켜쥔 채로 루인의 뒷모습을 차분하게 응시하고 있었다.

◆ ◈ ◆

리리아와 함께 에어라인의 퍼스트 아레아(First Area)에 올라온 루인은 경비대원들을 요리조리 피해 다니기에 급급했다.

그도 그럴 것이, 퍼스트 아레아는 입천 절차를 밟는 장소였지만 루인과 리리아는 정상적으로 출천한 적이 없었기 때문.

서류상으론 루인과 리리아는 거주 구역의 타일들을 멀쩡하게 누비고 다녀야 했다.

루인과 함께 건물의 뒤편에 숨어 있던 리리아가 묘한 표정을 했다.

수많은 경비대원들의 절도 있는 구둣발 소리가 사방에서 들려온다.

척척척-

처음 에어라인에 올라왔을 때와 비교하면 경비대원들의 수가 많아도 너무 많았다.

"무슨 일이라도 생긴 건가?"

뭔가 심상치 않은 일이 벌어진 것을 한눈에 알 수 있을 정도.

루인이 고개를 끄덕였다.

"미제 사건 같은 것이 발생한 것 같다. 아니면 불법 체류자를 발견했거나."

"성가시게 됐군."

두 번째 아레아로 넘어가기 위해선 반드시 보안 시설을 지나야 했다. 그리고 그곳은 입천 서류를 통과한 자만이 지날 수 있었다.

당연히 루인과 리리아가 정상적으로 그런 보안 시설을 통과한다면 비인가 출천(出天)을 스스로 자백하는 꼴이었다.

혼돈마의 꼬리로 에어라인을 박차고 나간 것이 이렇게 발목 잡을 줄은 몰랐던 것이다.

"어떡하지?"

공간 이동이나 은폐 마법을 활용할 수도 없었다.

모든 경비대원들이 특수 아티펙트인 마력 감지봉을 소지하고 있었기 때문.

마법이나 투기를 감지하는 순간 그들의 모든 마법봉이 일제히 울어 댈 것이다.

"일단 좀 느슨해질 때까지 기다리지."

"알았다."

그러나 시간이 한참이나 흘렀음에도 경비대원들의 빡빡한 경계 태세는 잦아들 기미가 보이지 않았다.

그 순간.

저벅저벅.

등 뒤에서 인기척이 들려오자 루인이 매섭게 뒤를 돌아보았다.

"엇⋯⋯?"

루인의 얼굴을 확인하고서 경악으로 굳어진 남자.

남자는 자신의 일행을 향해 손짓으로 멈추게 했다.

이어 그가 목소리를 낮게 내리깔았다.

"오랜만입니다, 손님 생도님들. 아, 이제 대공자님이라고 불러 드려야겠죠?"

기름칠로 깔끔하게 빗어 넘긴 머리.

푸근한 인상의 중년 남자.

그는 루인과 리리아가 익히 아는 사내였다.

"……구스타스?"

리네오 길드의 장물 거래 담당 구스타스.

그가 루인을 향해 친근하게 웃으며 뒷머리를 긁적였다.

"일단 회포는 나중에 푸시지요. 한데 숨어 계신 것을 보니 곤란을 겪고 계신 것 같습니다만?"

"……."

구스타스의 뒤편으로 커다란 짐 가방을 멘 사내들이 기다랗게 줄을 서 있었다.

그 광경에 루인은 기가 찼다.

"설마 이렇게 쉽게 에어라인에 장물을 들여오는 건가?"

"하하! 영업 비밀에 관해서 말씀드릴 수는 없지요. 곤란을 겪고 계신다면 제가 작은 성의를 보여 드릴 순 있습니다만……."

"아레아를 검문 없이 통과할 방법까지 있다?"

"하하, 다시 말씀드리지만 영업 비밀입니다."

루인이 미심쩍은 눈으로 구스타스의 위아래를 살폈다.

"조건은?"

길드의 약삭빠른 장사치들에게 공짜를 바라는 건 바보 같은 짓.

지난 생 상인 길드들을 상대하며 그들에게 대가 없는 호의를 바란다는 것이 얼마나 무의미한 일인지를 뼈저리게 깨달은 루인이었다.

"그렇지 않아도 저희들은 오래전부터 대공자님을 만나 뵙고 싶었습니다."

사람 좋게 웃고 있는 구스타스를 바라보며 루인이 함께 피식 웃었다.

"마정(魔精)의 일이 제대로 풀리지 않는 모양이군."

"헉! 어떻게……?"

뻔하다.

마계의 마정을 인간 마도학자들이 가공할 수 있을 리 없으니까.

"마도학자 테모도스를 만나 조언을 해 주는 조건인가?"

마치 내심을 들킨 사람처럼 깜짝 놀란 구스타스의 얼굴.

"역시 하이베른가의 대공자다우신 심계이십니다. 이 구스타스 정말 감탄—"

"시끄럽고. 여길 벗어날 방법이 있다면 빨리 안내나 해."

씨익 웃던 구스타스가 짐꾼들의 대열로 걸어가더니, 잠시 후 허름한 옷가지와 짐 가방을 루인과 리리아에게 내밀었다.

"지금부터 대공자님은 저희 리네오 길드의 짐꾼이십니다."

Chapter, 40

리네오 길드의 짐꾼으로 위장한 루인과 리리아.

리리아는 퍼스트 아레아의 검문소를 삼엄하게 지키는 경비대원들을 바라보며 어이가 없다는 표정을 했다.

지금 리네오 길드의 짐꾼들이 태연하게 걸어가고 있는 장소는 막연히 상상했던 비밀 통로 따위가 아니었다.

그냥 검문소를 정식으로 통과하고 있는 것이다.

한눈에 보기에도 범상치 않은 장물들을 둘러메고 통과하고 있는데도, 그런 짐 가방을 수색하는 경비대원은 한 명도 없었다.

르마델 왕국의 비밀이라는 에어라인의 경계 태세가 이토록

151

허술하다니!

리리아는 귀족으로서 자존심이 상했다.

보안이 이토록 허술하다면 언제 에어라인에 재앙이 일어 난다고 해도 이상할 것이 없을 터.

"갑자기 왜 그런 심각한 얼굴이냐."

"아버지께 이 일을 말씀드려야겠다."

루인이 피식 웃었다.

"이미 알고 있다. 물론 어브렐가뿐만 아니라 왕국의 귀족 가라면 대부분 알고 있을 것이다."

검문소의 경비대원들이 대놓고 길드의 장물을 들여보내고 있다. 외부의 눈을 신경 쓰지 않는 것이다.

가장 말단의 경비 대원들이 쉬쉬하지 않는다는 건 이 일이 이미 저들의 부정이 아니라는 뜻.

에어라인에 장물을 들여보내는 대가로 얻는 모든 이권이 상부의 권력과 닿아 있다는 의미다.

"벌써 이걸 다 알고 있다고……?"

아직 순수한 열정과 낭만으로 살아가는 어린 소녀가 이런 왕국의 부조리를 쉽게 받아들일 수는 없을 것이다.

"어른들이 모두 그렇게 올바르게 살아왔다면 그 처참한 살 육의 역사가 존재할 리가 없지. 왕실이나 대귀족가들이 뭔가 도덕적이고 대단할 거라는 착각은 버리는 게 좋다. 차라리 아 이 쪽이 나아."

"그래도 이건……."

다시 피식거리는 루인.

"왕국의 존속과 관련된 일에 부정은 있을 수 없다?"

"당연하다! 에어라인이 이토록 허술하게 운영되고 있다면!
이건……!"

다름 아닌 자신이 직접 보았다.

베스키아 산맥의 주봉을 따라 기다랗게 누워 있는 에어라
인의 처참한 잔해를.

"마찬가지다. 역사 속의 왕국들이 치열하게 재앙을 대비했
다면 그 수많은 멸망의 역사는 존재하지 않았을 테지."

인간 문명에서 탄생한 영광의 역사와 동일한 수의 멸망의
기록이 존재한다.

이건 불변하는 진리다.

영속(永續)한 문명이나 왕국이 있었다면 지금까지 이 대륙
에 남아 있어야 할 테니까.

"인간들은 늘 스스로 살고 있는 현재의 문명이 최고라고
생각하지. 착각이다. 우리가 역사 속 패배자들의 영광을 오
만으로 여기듯, 언젠가 이 르마델 왕국도 오만과 굴종의 역사
로 기록될 것이다."

"넌 어떻게 그런 말을……."

왕국의 대귀족, 하이베른가의 대공자가 르마델의 문명과
영광을 부정하고 있었다.

처참한 멸망의 역사를 지나온 루인에게야 당연한 심정이 겠지만, 리리아에게 그런 루인의 태도는 너무나도 이질적인 것.

"목소리가 크십니다. 나라를 걱정하시는 귀족 나리들의 철학 이야기는 그쯤 하시지요."

앞서 걸어가던 구스타스가 핀잔을 주자 루인과 리리아가 침묵을 이어 갔다.

저 멀리 중심 블록에 보이는 건국왕 소 로오 르마델의 동상이 그런 분위기를 더욱 어색하게 만들었다.

루인이 구스타스의 뒷모습을 무심히 바라보고 있었다.

하루하루 살기 바쁜 상인들의 입장에서는 자신과 리리아의 대화가 배부른 귀족의 이념 놀이처럼 들렸을 것이다.

문득 루인이 자조 섞인 미소를 지었다.

영광과 명예?

멸망과 굴종의 역사?

그런 건 소수가 평가하고 누리는 가치다.

이 대륙은 저런 평범한 이들의 세계인 것이다.

악제의 군단에 맞서 싸웠던 인류 연합.

소수의 초인보다 저런 평범한 이들에게 그 전장은 더욱 처절했다.

영웅들은 가치를 위해 싸웠지만.

저들은 스스로의 삶을 위해 싸웠다.

루인이 페이리스 마을을 비롯한 왕국의 백성들을 늘 안타깝게 바라봤던 것은 바로 그런 이유였다.

세계의 멸망이라는 절체절명의 위기 속에서 그들의 살아남고자 했던 욕망, 그 처절한 투쟁심에 경이로움을 느꼈기 때문이었다.

아들의 삶, 딸의 안녕을 지켜 내기 위해 그들은 한 치의 망설임도 없이 목숨을 내던졌다.

왕국의 국왕도 고고한 철학자도 그저 비탄을 토해 내는 데 급급했지만, 실제로 목숨을 내던져 악제의 군단을 막아 낸 것은 평범한 백성들인 것이다.

상인 구스타스의 저 등은 그의 자식에게만큼은 세상에서 가장 커다란 등이다.

가족을 책임지는 위대한 아버지.

가족의 생명을 지켜 내고 있는 그의 길을 누가 함부로 부정이니 불명예니 지껄일 수 있단 말인가.

"자식이 있나?"

루인의 질문에 구스타스가 뒤를 돌아보았다.

"흐흐, 딸만 둘입니다."

"딸딸이 아빠군."

묘한 어감에 미간을 찌푸렸다 펴는 구스타스.

"허허, 세상에서 가장 예쁜 아이들입니다. 그런 식으로 말씀하시면 곤란합니다."

"누가 뭐라나?"

구스타스가 피식 웃으며 다시 힘차게 걸어간다.

그의 발걸음에 좀 더 힘이 들어가 있었다.

세상에 멸망이 도래할 때.

구스타스는 두 딸을 지켜 내기 위해 누구보다도 치열하게 살아갈 것이다.

그걸 알기에 루인은 장물을 거래하고 있는 그를 부정한 상인으로 매도하고 싶지는 않았다.

덜컥-

리네오 길드의 상점 내부로 들어오자 구스타스가 짐꾼들에게 소리쳤다.

"모두 수고가 많았다! 오늘은 이걸로 퇴근이다! 저기 가일로에게 보수를 받아 가라! 힘들게 일했으니 두 배로 쳐주겠다!"

"역시 대장이 최고입니다!"

"보수도 두둑하게 받았는데 펍에 가서 한잔하겠는가 얀센?"

"좋지! 대신 오늘은 좀 일찍 보내 주게! 그저께도 마누라한테 맞아 죽을 뻔했네!"

왁자지껄 떠들던 짐꾼들이 줄을 서서 보수를 받아 챙기더니 이내 상점 밖으로 나갔다.

루인과 리리아가 길드의 외투와 짐 가방을 벗어서 바닥에 내려놓았다.

구스타스가 사람 좋게 웃었다.

"자 그럼 저도 보수 좀 받겠습니다."

"검문소를 통과하게 해 준 것치고는 너무 대가가 큰 것 같은데."

루인의 비릿한 미소에 구스타스는 허리를 굽신거렸다.

"어이쿠! 당연한 말씀입니다요! 제 호의에 대한 대공자님의 보상은 그저 저희 마도학자님을 만나는 것에 그치지요! 만약 대공자님께서 마정에 대해 저희 길드에 가르침을 주신다면 당연히 상당한 대가를 따로 지불할 용의가 있습니다요!"

"일단 만나는 보겠다."

"곧바로 마도학자님을 데려오겠습니다! 잠시만 기다려 주십시오!"

구스타스가 재빠른 걸음으로 사라지자 리리아가 루인을 바라봤다.

"마정에 관한 지식은 마탑과 먼저 공유해야 하지 않을까."

마정에 대한 지식은 대륙의 모든 국가에서 핵심 기술에 속했다.

대부분 마탑이 그 지식을 독점하고 있었고, 또한 그런 지식의 외부 유출을 극도로 꺼리는 것이다.

"내가 왜 그래야 하지?"

의미심장하게 웃고 있는 루인의 표정에서 리리아는 이미 그에게 어떤 생각이 있음을 깨달았다. 굳이 자신이 나설 필요가 없는 것이다.

"좋을 대로 해라."

루인이 상점의 이곳저곳을 훑으며 다시 입을 열었다.

"마정을 활용하는 일이 대중화될 수 있다면 오히려 그쪽이 더 바람직해."

"왜지?"

"대륙의 왕국들이 마정을 다루는 지혜를 핵심 기술로 취급하는 이유는 마장기(魔裝機)의 마력핵으로 쓰이기 때문이다. 위대한 대자연의 선물을 기껏 전쟁에나 활용하는 수준인 거지."

마도 공학의 첨단 마장기.

국가 전략의 핵심이라 할 수 있는 위대한 마장기를 저런 식으로 매도하는 자가 하이베른가의 대공자라니.

이 르마델 왕국 역시 그런 마장기가 고작 하나밖에 없어서 알칸 제국에게 핍박받고 있는 것이 현실이었다.

게다가 스스로도 마법사라면 마탑의 총아, 모든 마법적 역량의 결실인 마장기에 대해 경외감을 느끼는 것이 당연했다.

"마장기를 본 적이 있나? 왜 그렇게 마장기를 한심하게 생각하는 거지?"

그거야 실제로도 한심했으니까.

인간들끼리의 전쟁, 국가와 국가 사이의 전쟁에서 엄청난 위력을 발휘하던 마장기.

하지만 대군단전에서는 고철 덩어리나 다름없었다.

기껏 은밀한 작전으로 마력 포격을 쏟아부어 봤자, 악제의 군단이 지니고 있는 대마력 차폐기이자 인공 생명체인 '안티 매직 와이엄'에 의해 모조리 분쇄되어 버렸다.

인간들 틈에 숨어 오랜 세월 마장기에 대해 분석하고 대비한 악제의 군단에게, 마장기란 그저 보기 좋은 타깃에 불과했던 것이다.

당연히 루인은 그런 마장기에 대해 일절 관심을 두지 않았다.

현시대의 마도학자들이 아무리 하늘처럼 떠받드는 기술일지라도 루인에게는 흔한 마도 공식에 불과한 것이다.

"한심하게 생각하는 것이 아니라 그냥 관심이 없다."

"……왜지?"

마장기는 이 세계의 모든 역량이 담긴 마법적 지혜의 총아.

마장기 하나로 수만의 군대를 감당할 수 있는 것이 엄연히 현실로 작동하는 세계였다.

마법사라면 그런 마장기에 대해 관심이 생기지 않을 수가 없을 텐데?

그렇게 리리아가 루인을 묘하게 바라보고 있을 때, 리네오 길드의 마도학자 테모도스가 상점의 문을 열고 들어왔다.

그의 얼굴이 루인을 보자마자 환해졌다.

"정말 자네였……!"

테모도스가 자신의 실수를 깨닫고 황급히 허리를 숙였다.

이제 에어라인의 시민들 중에서 하이베른가의 대공자, 루인의 얼굴을 모르는 사람은 없었다.

그만큼 기수 쟁탈전은 에어라인의 시민들에게 강렬한 인상으로 남아 있었다.

"위대한 사자의 가문이자 왕국의 기수! 하이베른가의 대공자님을 뵙습니다!"

루인이 피식 웃었다.

"어차피 그대는 르마넬 사람도 아닌데 뭘."

테모도스가 마주 웃는다.

"서류상으로는 엄연히 에어라인의 시민입니다."

"됐고. 용건만 빨리. 아카데미로 복귀해야 한다."

테모도스는 곧장 로브의 품에서 두루마리를 꺼내 테이블 위에 펼쳤다.

테이블을 바라보던 리리아의 동공이 급격하게 벌어진다.

"……!"

이렇게 복잡한 마력회로들이 광활하게 얽힌 술식 도해는 마도 명가의 혈족으로 살아온 그녀에게도 처음 있는 일.

대체 어떤 기전과 이론들이 얽혀 있는지 도저히 읽을 수 없는 수준이었다.

리리아의 열정 가득한 시선이 이내 테모도스를 향했다.

고작 상인 길드의 마도학자로 살아가기엔 그의 마법적 경지가 너무 아까울 정도였다.

리리아가 판단하는 그의 경지란 마탑의 고위 마법사 수준, 그 이상이었다.

"이건 저희 길드가 보유하고 있는 마정의 '마력 추출 술식 도해'입니다."

고작 상인 길드 따위가 마정의 마력 추출 술식 도해를 보유하고 있다는 건 쉽게 믿을 수 없는 일.

루인은 이 리네오 길드가 결코 평범한 상인 길드가 아니라는 것을 예전부터 예상하고 있었다.

"그래서?"

"저희 마력 추출 술식 도해로 가공할 수 없는 마정은 이 베나스 대륙에 존재하지 않습니다."

"그런가?"

너무나 태연한 루인의 반응.

테모도스는 이 사실을 이미 하이베른가의 대공자가 알고 있었다는 것을 직감했다.

"대공자님께서 저희 리네오 길드에 인도하신 마정은 보통의 물건이 아니었군요."

"제대로 추출할 수만 있다면 적어도 인간계에 존재하는 마정의 열 배가 넘는 효율을 보장하는 마정이지."

"여, 열 배!"

열 배의 효율을 지닌 마정이라니!

그 가치를 도저히 환산할 수 없을 정도였다.

테모도스가 침을 꿀꺽 삼켰다.

"대공자님께서는 저희 마정의 마력을 추출할 수 있는 술식을 알고 계십니까?"

망설임 없이 고개를 끄덕이는 루인.

"알고 나를 찾은 것이 아닌가?"

"저, 저희 정보에 의하면……."

피식.

"호오, 아카데미의 깊숙한 곳까지 눈(目)을 심어 뒀다?"

입술을 깨물고 있던 테모도스가 길드의 추적을 인정하는 듯 고개를 끄덕인다.

"이미 아시는 것 같으니 질문을 달리하겠습니다."

"해 봐."

"……대공자님께서 마법학부에 기증하신 마정이 저희에게 인도한 것과 동일한 마정입니까?"

"물론이다."

테모도스가 온몸을 떨기 시작한다.

분명 대공자 루인은 그 마정에서 마력을 뽑아내 시약을 제조했기 때문이었다.

"저희가 어떡하면 대공자님의 술식을 얻어 낼 수 있겠습니까?"

루인이 웃었다.

"렌시아가의 적(敵)이 될 각오."

"예……?"

황당해하고 있는 테모도스에게 다시 루인의 음침한 목소리가 이어졌다.

"길드장을 만나겠다. 테모도스."

◆ ◈ ◆

단정한 머리칼.

흔들림 없는 완고한 눈빛.

루인과 마주 앉아 있는 리네오 길드의 마스터 로벤은 쉽게 말문을 열지 않았다.

그런 무거운 분위기를 환기하기 위해 마도학자 테모도스가 어색하게 웃었다.

"대공자님. 요구 사항이 있으시다면 터놓고 말씀하시지요. 우리 마스터는 그렇게 꽉 막힌 분이 아닙니다."

루인이 한 차례 테모도스를 쳐다보다 다시 마스터 로벤에게 시선을 옮겼다.

"이상하군. 분명 닥소스가의 혈족이라 생각했는데."

"예……?"

테모도스가 깜짝 놀라며 다시 루인을 쳐다본다.

닥소스가(家).

알칸 제국의 4대 가문 중 가장 강력한 명성과 위세를 떨치고 있는 대귀족가.

알칸 제국의 유일무이한 지배자 아렐네우스 황제조차 닥소스가의 가주에게만큼은 공대(恭待)로 존중한다고 알려져 있을 정도로 그들의 위상은 가히 독보적인 것이었다.

"어찌 그리 생각하시는지요."

처음으로 입을 연 마스터 로벤.

루인이 은은하게 웃으며 대답한다.

"우선 그 유명한 닥소스가의 녹안(綠眼)이 아니지 않나. 더욱이 그대가 내뿜고 있는 마력의 파장도 닥소스가의 '젠(Zen)'이 아니다."

무심한 로벤의 표정에서 처음으로 동요의 빛이 흘러나왔다.

아무리 르마델의 대귀족가, 하이베른가의 대공자라지만 나이에 비해 그 견문이 놀라울 정도였다.

"대공자님께서는 알칸 제국에 대해 아는 것이 많으시군요."

피식.

"나는 르마델의 귀족이다. 적(敵)에 대해 공부하는 건 당연한 임무겠지."

하이베른가의 대공자, 루인은 알칸 제국을 서슴없이 적으로 규정하고 있었다.

하지만 로벤은 그가 오만하거나 어리석게 느껴지지는 않았다.

"생각보다 훨씬 대단하신 분이군요."

대공자는 지금 자신을 도발하고 있다.

자신이 알칸 제국의 귀족이라면 분명 동요할 거라 생각하는 것이다.

하지만 이런 속 보이는 도발에 동요한다면 리네오 길드의 마스터가 될 수는 없었을 터.

"제가 닥소스가의 인물이라고 짐작하시는 이유를 물어봐도 되겠습니까?"

루인의 입에서 무심한 목소리가 흘러나왔지만 이번에야말로 로벤은 동요하지 않을 수가 없었다.

"그대들이 마정의 마력 추출 술식이라고 주장하는 도해(圖解) 말이지. 여기저기 손을 본 흔적이 조금 있지만 분명 닥소스가의 '강마력 엔진 도식'과 너무 비슷하거든."

"……!"

닥소스가가 알칸 제국에 강력한 영향력을 행사할 수 있는 근본적인 이유.

마도 병기 마장기의 심장 마력핵.

그중에서도 마도 가문 닥소스가가 탄생시킨 '강마력 엔진'이야말로 이 세계에서 가장 강력한 효율을 자랑하는 마력핵이었기 때문이다.

'대체……'

어떤 왕국의 현자도 스쳐 지나가듯 본 것만으로 그 이치를 알아볼 수는 없을 것이다.

이름난 마도학자들이 꼬박 몇 개월을 연구해야 겨우 작동 기전을 알아볼 수 있는 엄청난 난이도의 마력 술식.

그것이 루인에게 서슴없이 술식 도해를 보여 줬던 이유이기도 했다.

물론 이 대공자가 직접 마정을 추출했다는 정보가 없었더라면 애초에 그런 도박도 하지 않았을 테지만.

강마력 엔진의 술식 도해는 알칸 제국이 반드시 지켜야 할 비밀이었다.

"하하, 그 말이 꼭 닥소스가의 강마력 엔진을 직접 보시기라도 한 것처럼 들립니다."

루인이 피식 웃었다.

악제와의 전쟁 초기.

마장기의 카운터, 안티 매직 와이엄의 존재를 몰랐을 때.

기존 강마력 엔진의 결점을 보완하고 새로운 마장기를 탄생시킨 장본인이 바로 자신이었다.

그 익숙한 술식 도해를 몰라볼 리가 없는 것이다.

"효율이 절반 수준이던데. 고의로 출력을 낮춘 건 무슨 이유지? 마장기가 아닌 다른 목적이 있는 건가?"

등줄기가 축축해진다.

더 이상 로벤은 가면을 쓸 수 없었다.

틀림없이 눈앞의 대공자는 강마력 엔진의 모든 것을 알고

166 하이퍼른가의
    대공자 6

있었다.

로벤은 루인을 차분하게 직시했다.

이런 자에겐 의도를 숨길수록 부작용이 생긴다.

물론 이런 유형의 사람도 상대할 수 없는 건 아니다.

"이거, 제 인생 최대의 위기가 찾아온 것 같군요."

아무리 리네오 길드가 르마델의 권력층과 친밀한 관계를 맺고 있다지만, 닥소스가의 끄나풀이란 걸 들킨다면 그 모든 관계는 그날로 무용지물이었다.

당장 이 강마력 엔진의 열화판 도해가 드러나는 순간 르마델 왕국은 곧바로 자신을 구금할 것이다.

리네오 길드 역시 에어라인에서 쫓겨날 것이 분명했다.

그러나 대공자는 곧장 르마델 왕실로 향하지 않고 굳이 자신을 만나고자 했다.

그것은 그가 자신에게 원하는 것이 있다는 뜻.

상대와 거래할 품목이 있다면 승부를 걸어 볼 만했다.

"저는 닥소스가의 봉신가, 로모아가(家)의 가신입니다."

로벤이 솔직하게 나오자 루인의 눈빛이 달라졌다.

"가신이라면 방계인가?"

알칸 제국은 철저한 씨족 중심으로 돌아간다.

알칸의 귀족들은 가문의 경영을 담당하는 가신을 반드시 혈족이나 방계로 구성했다.

"그렇습니다."

"에어라인에서 활동하는 목적은?"

"상인의 근본은 이익을 탐하는 습성입니다. 에어라인은 상인에게 무한한 가치를 담보하는 곳이지요."

"더 이상 나와 대화할 마음이 없다는 뜻인가?"

루인이 마치 자리에서 일어날 기세로 그의 시선을 외면하자. 로벤의 눈빛이 흔들렸다.

"잘못했습니다. 제가 어리석었습니다."

"목적."

잠시 망설이던 로벤이 가득 입술을 깨물었다.

"유사시를 대비한 정탐 활동입니다. 하지만 맹세코 당장 르마델 왕국에 해악을 끼칠 목적은 아닙니다."

"유사시라면 침략 행위를 말하는 건가?"

"저희로서는 영토 복원, 혹은 정규전쟁이라 부를 수밖에요."

원래 르마델 왕국의 남부, 즉 지금의 하이렌시아가의 영지는 알칸 제국의 영토.

그 옛날 알칸 제국은 하이렌시아가의 영웅 레란츠와 어처구니없는 협상으로 자국의 영토를 내어 주고 말았다.

결과적으로는 창칼 한 번 휘두르지 않고 얻은 하이렌시아가의 외교적 승리.

알칸 제국의 역사가들은 적국의 치밀한 `전략에 말도 안 되는 협상을 해 버린 란돌프 3세를 역대 가장 어리석은 황제로 평가하고 있었다.

그 일이 알칸 제국과 르마델 왕국 사이의 오랜 악연의 시작이었다.

'악제의 끄나풀은 아니군.'

루인의 우려와는 달리, 다행히도 악제와의 연관성은 약해 보였다.

리네오 길드는 그저 알칸 제국의 일상적인 첩보 활동을 담당하고 있는 것이다.

악제의 끄나풀들은 결코 국가 같은 권력의 대상에 충성하지 않았다.

또한 어떤 상황에도 그들은 스스로 정체를 발설하는 일이 없었다.

무엇보다 알칸 제국은 악제의 마수에 마지막까지 오염되지 않았던 유일한 국가였다.

오히려 악제의 치밀한 흔적을 가장 끈질기게 추적하고 대비했던 나라.

그들이 베나스 대륙의 지배자, 제국(帝國)이 될 수 있었던 원동력이었다.

이제 마지막으로 남은 의구심을 풀 차례.

"내가 판 마정에서 마력을 추출하고자 하는 목적은 뭐지? 그대의 말대로 상인이라면 그저 되팔아 이득을 챙기면 그만일 텐데."

망설임 없이 대답하는 로벤.

"마정을 가공하여 마정석(魔精石)으로 만든다면 그 가치는 열 배가 넘게 뜁니다."

마정과는 달리, 가공된 마정석은 일반인도 그 마력을 활용할 수 있었다. 당연히 그 가치는 마정석이 월등했다.

루인이 웃었다.

"그게 일개 상인 길드가 마도학자를 보유하고 있는 근본적인 이유다? 언제 마정을 매입할 줄 알고 저 뛰어난 마도학자의 보수를 감당하는 거지? 테모도스 같은 마도학자라면 그 보수가 상상을 초월할 텐데?"

각국의 왕실들이 마탑과 아카데미에 막대한 지원을 아끼지 않는 이유.

외부의 마도학자를 초빙하는 것보다 평생 그들의 연구와 학업을 책임지는 편이 훨씬 싸게 먹히기 때문이다.

"내가 알고 있는 상인이라는 족속들은 말이지, 절대로 불확실한 미래에 투자하는 법이 없었거든."

"……"

"언제 마정을 매입할지 모르는 상황에서 그대가 굳이 막대한 마도학자의 보수를 일상적으로 감당할 이유가 있을까?"

그때, 테모도스가 끼어들었다.

"그 일을 마스터에게 대답하라는 건, 그의 목숨을 내놓으란 말과 같습니다."

테모도스를 차분하게 응시하는 루인.

"아직도 몰랐나? 그대들의 목숨은 이미 내 손안에 있다는 것을."

잠시 잊고 있었다.

그가 이 르마델의 대귀족, 하이베른가의 대공자라는 것을.

더욱이 그는 단신으로 초인 기사를 무너뜨린 마도(魔道)적 존재.

그가 르마델 왕실의 입장을 대변하는 존재라면 이 자리에서 자신들을 즉참한다고 해도 이상하지 않았다.

로벤의 등줄기가 식은땀으로 축축해지기 시작했다.

"내가 한번 맞춰 볼까?"

루인의 비릿한 웃음.

아무런 대답 없는 로벤을 향해 루인이 다시 입을 열었다.

"그대들에겐 이 에어라인에 마정석의 거래처가 있을 것이다. 물론 왕실은 아니겠지. 왕실엔 마탑이 있으니까 굳이 마정을 가공해서 거래할 필요가 없거든."

"……"

"테모도스 역시 그 거래처가 파견한 마도학자일 확률이 높겠지. 이 에어라인에서 가장 큰 규모로 장물을 유통하는 길드라면 충분히 마도학자를 투입할 가치가 있으니까. 마정석만 확보할 수 있다면 무슨 짓이라도 할 수 있는 집단은 많잖아?"

순간 로벤의 눈빛에 진득한 살기가 일었다. 마치 검을 빼들 기세였다.

"······이미 모두 알고 오신 겁니까?"

루인이 의자에 깊숙이 몸을 파묻었다.

"초인을 이긴 마법사에게 살기를 내뿜는다? 뒷배가 대단한 건가, 아니면 실력에 자신이 있다는 건가?"

"둘 다입니다."

로벤의 마력이 맹렬히 허공에 얽힌다.

과연 닥소스가의 방계답게 마력의 농도가 제법 치밀했다. 쉽게 무시할 수 없는 수준이었다.

"왕실을 제외한다면, 이 르마델의 귀족가 중에 상시적으로 마정석을 매입할 수 있는 곳은 몇 되지 않아."

"······더 이상 저를 막다른 길로 몰지 마십시오."

"마도 가문 소울레스가(家)."

현자의 메데니아가, 리리아의 어브렐가 사이에서 오랜 세월 빛을 보지 못했던 르마델의 마도 가문.

악제가 악의가 가득 차오를 무렵.

멸망의 때에 이르렀을 때 가장 먼저 왕국을 배신할 가문이었다.

당시 그들은 놀랍게도 마장기를 보유하고 있었다.

그렇게 마장기를 드러낸 소울레스가는 곧바로 악제의 군단에 합류했다.

작렬한 마력 포격.

내부의 적, 왕국의 배신자가 내뿜은 악의는 그렇게 에어라인에 작렬하고 말았다.

"소울레스가에게 열화판 강마력 엔진의 술식 도해를 내어 준 것도 역시 닥소스가겠지. 전달자는 물론 그대들일 것이고."

전쟁을 벌일 명분이 없다면 적국의 내분을 조장하는 것.

그것이 국가 전략의 오랜 원칙이었다.

문제는 그 모든 일에 악제의 음모가 닿아 있었다는 것.

"……제게 바라는 것이 무엇입니까?"

입을 열어 인정만 하지 않았을 뿐, 리네오 길드 마스터 로벤의 태도는 뻔한 것이었다.

"내 술식은 그대들에게 내어 주지 않아. 내가 마정을 직접 가공해 주지."

"예?"

모든 음모의 전후를 알고도 마정을 직접 가공해 주겠다?

"그게 정말입니까?"

"그래. 그리고 가공된 마정석을 기존처럼 소울레스가에게 팔아 치우도록."

"……!"

일이 이쯤 되니 대공자의 의도가 무엇인지 도무지 파악할 수가 없었다.

"물론 마정이 부족하다면 기존의 매입가로 더 내어 주지. 단—"

로벤이 침을 꿀꺽 삼킨다.

"내 모든 협조에는 하나의 조건이 전제된다."

"마, 말씀하십시오! 무엇이든 따르겠습니다!"

루인이 사악하게 웃었다.

"이 모든 정보를 렌시아가 놈들에게 흘려라. 물론 나와 나누었던 이야기들까지 전부 다."

◆ ◈ ◆

루인과 리리아가 아카데미의 유적 동굴에 도착했을 때 시론 일행은 보이지 않았다.

아마도 체력 단련이 아직 끝나지 않은 모양.

고요한 유적 동굴에 리리아의 목소리가 울려 퍼졌다.

"굳이 소울레스가를 도우려는 의도는 뭐지?"

루인은 다섯 개의 마정을 리네오 길드에 팔았다.

그것도 그냥 판 것이 아니라 손수 가공하여 마정석으로 탈바꿈시켜 주기까지 한 것이다.

그 마정석들이 모두 소울레스가(家)로 흘러들어 간다는 말을 들었을 때 리리아는 적잖이 당황해했다.

"정말 알고 싶은 거냐?"

지금까지 어떤 의문도 가지지 않은 리리아가 소울레스가에게만큼은 관심을 가지는 이유.

뻔하다.

비록 양대 마도 명가에 비해 세력은 약하지만 소울레스가는 엄연히 어브렐가의 정적이었기 때문.

당대에 이르러서 가세가 많이 기울었다지만, 먼 옛날에는 현자를 몇 번이나 배출했을 정도로 소울레스의 저력은 만만한 것이 아니었다.

"소울레스가는……."

"안다. 너희 가문과 악연인 거."

"사심으로 묻는 게 아니라는 것도 함께 알아줬으면 좋겠군."

"사심?"

리리아의 눈빛이 침잠한다.

"그들이 왕실에서 멀어진 건 그 옛날, 그들의 부정부패가 드러났기 때문이다. 분명 아직 왕실에 악감정이 남아 있을 텐데."

"그렇겠지."

루인의 천연덕스러운 대답에 리리아의 두 눈이 황당함으로 물들었다.

"그런 위험한 가문에게 굳이 마정석을 공급해 주는 이유는 뭐지? 무슨 일을 벌일 줄 알고?"

"마도 가문이니 마도 병기를 제작하겠지. 어쩌면 왕실이 보유하고 있는 것보다 훨씬 뛰어난 마장기를 제작할 수도 있고."

좀처럼 감정 표현을 드러내지 않는 리리아가 입을 벌리며 경악하고 있었다. 그만큼 루인의 대답은 경악스러운 것이었다.

"……이 문제만큼은 반드시 짚고 넘어가야겠다."

루인이 피식 웃으며 리리아를 바라봤다.

오랜만에 보는 강렬한 적개심의 눈빛.

문득 루인은 처음 리리아를 본 그날이 떠올랐다.

"오랜만이군. 너의 그런 눈."

"농담할 생각 하지 마라."

루인이 리리아의 시선을 외면하며 어두운 동굴의 허공을 응시했다.

자신은 이번 일로 꼭 알아내야 할 정보가 있었다.

만약 리네오 길드의 일을 모두 전해 들은 렌시아가 소울레스가의 행위를 방조한다면.

그들은 이미 르마델 왕실과 한 몸이 아니었다. 악제에게 협조하는 세력일 확률이 높은 것이다.

반대로 곧바로 소울레스가를 왕국의 이름으로 압박하고 마정석을 모두 몰수한다면.

아직은 왕국의 안녕을 도모하는 대귀족으로서의 면모는 지키고 있다는 뜻.

물론 악제의 의도에 놀아나는 상태일 수도 있지만 적어도 악제에게 복종한 상태는 아닐 것이었다.

렌시아가는 그저 이권을 탐하는 평범한 인간군상의 모습이라 할 수 있는 것이다.

"평소대로 날 믿어 줬으면 좋겠군."

"하지만……."

"약속하지. 나는 이 르마델을, 아니 모든 사람들을 아끼겠다."

대마도사 루인은 인간을 지키기 위해 살아왔고 앞으로도 그런 다짐은 영원히 변하지 않을 것이다.

그것이 죽어 간 모든 이들의 염원을 짊어진 루인의 굴레이자 숙명이었다.

그때, 시론의 외침 소리가 들려왔다.

"루인!"

시론이 후다닥 뛰어와 반가운 얼굴을 했다.

이어 세베론과 다프네, 슈리에와 루이즈의 얼굴이 차례로 마력 등불에 의해 드러났다.

"왜 이제야 온 거예요!"

다프네가 달려와 리리아에게 반갑게 인사를 건넸다.

물론 루인도 금방 아카데미로 복귀할 계획이었지만 봉신가의 일 때문에 계획이 조금 틀어졌던 상황.

무리하게 혼돈마의 꼬리를 운용한 탓에 가문에서 마력을 회복할 시간이 필요했던 것이다.

"큰일 났다! 루인!"

시론의 호들갑에 루인이 그를 쳐다봤다.

"또 무슨 일이지?"

"이명 랭커들이 무투대회 훈련을 공개적으로 시작했다!"

루인이 눈살을 찌푸렸다.

"그게 뭐가 큰일이지?"

끼어드는 다프네.

"이명 랭커들 모두가 개인전을 포기한 거 같아요."

"뭐?"

세베론이 한숨을 내쉬었다.

"후우…… 모든 이명 랭커들이 단체전만 파고 있어. 그리고 그들의 훈련 방식이……."

"대마법전! 선배들은 오직 대마법전에만 몰두하고 있다고!"

"대마법전?"

금방 루인의 표정이 묘해진다.

그들이 개인전을 모두 포기하고 대마법전에만 매진하고 있는 이유가 너무 뻔했기 때문이다.

"맞아요. 루인 님 때문이에요. 초인을 이긴 현자급 마도(魔道)를 상대하는 단 하나의 방법. 희망은 단체전밖에 없다고 생각한 거예요."

하지만 루인은 그들의 그런 투쟁심이 쉽게 이해가 되지 않았다.

"놈들도 내가 기수 쟁탈전에서 초인 기사를 상대한 방법을 뻔히 알 텐데?"

"정신 마법이요?"

하이베른가의 그림자처럼 살기로 했던 맹세를 거둔 이상, 오히려 자신의 초월적인 마도(魔道)를 확실하게 전 왕국에 드러냈다.

인간은 압도적인 힘의 우위 앞에서만큼은 겸손해지기 때문이다.

"……."

앞으로 잔챙이들까지 일일이 상대할 여력은 없었다.

그런데 그런 잔챙이들이 지금 서로 힘을 합하여 자신에게 이빨을 드러내고 있는 것이다.

슈리에와 시론이 서로의 의견을 주고받는다.

"저도 그게 궁금해요. 그들이 과연 루인 님의 정신 마법을 어떻게 상대할지."

"분명 훈련을 한다는 건 계획이 있다는 뜻이잖아?"

다프네가 미간을 모았다.

"버리는 패가 있겠죠. 대신 그들은 반드시 나머지 셋을 제압하려 들 거예요."

"셋?"

루인의 의문에 다프네가 당황해한다.

"아? 제가 규정에 대해서 얘기 안 했나요?"

179

"아! 맞다!"

금방 창백해지는 시론의 얼굴.

"다섯 명의 파티원들 중 세 명 이상이 전투 불능 상태가 되면 몰수패가 선언된다! 루인!"

루인의 얼굴이 함께 핼쑥해졌다.

"그걸 왜 이제야 말해 주는 거지?"

"나도 방금 생각이……."

한 번도 무투대회를 경험하지 못한 무등위 생도들의 한계.

이들이 무투대회에 대해 들은 정보들은 그저 소문으로 들은 것이 다였다.

루인의 입매가 허탈한 미소를 그려 냈다.

"미치겠군."

이명 랭커들이 아무리 대단하다고 한들 어차피 생도 수준, 자신에게야 만만한 상대들이었다.

하지만 자신의 친구들에게는 결코 만만한 상대가 아니었다.

특히 놈들이 기사라는 것을 감안하면, 자신을 제외한 나머지 파티원의 역량을 모두 합한다고 해도 이명 생도 하나를 감당해 내지 못할 수도 있었다.

이어지는 생도들의 말에 루인의 표정이 더욱 딱딱하게 굳어졌다.

"특히 브홀렌 선배의 조가 가장 무서워요."

"맞아. 최상위권의 마법 생도가 둘이나 포함되어 있었어."

"누구였죠?"

"타가엘 선배와 유리우스 선배."

생동하는 화염 유리우스.

그림자 혹한 타가엘.

각기 불과 얼음을 상징하는 이 마법학부의 이명 생도들은 아카데미 밖에서도 꽤나 알려진 원소 마법의 강자들.

그들은 아직 시론이나 슈리에, 세베론등이 상대하기에는 벅찬 상대들이었다.

물론 루이즈나 다프네 역시 승리를 장담할 수 없었다.

"음……."

마법의 세계는 기사들보다 오히려 더 처참하게 실력이 갈린다.

기사들의 검술에는 디스펠(Dispel)이라는 개념이 없기 때문이다.

상대적으로 높은 경지의 마법사는 하위 마법사의 술식 대부분을 손쉽게 디스펠할 수가 있다.

시론과 리리아, 다프네가 루인에게 손 한 번 써 보지 못하고 패배했던 것도 바로 그런 이유였다.

더욱이 5명의 기사 생도로 구성된 파티와 마법 생도 한두 명이 보조하는 파티의 위력은 차원이 다르다.

루인의 머릿속이 금방 복잡해진 이유였다.

'······.'

혼자라면 어떻게든 상대할 수 있을 것이다.

그러나 파티원 3명 이상을 반드시 지켜 내며 이명 랭커들과 맞선다는 건 다른 차원의 문제였다.

"너희들······ 무투대회를 포기하진 않겠지?"

가장 간단한 방법은 단체전을 포기하고 자신만이 개인전에 참여하는 것.

이명 랭커들이 모두 개인전을 포기한 상황이라 별다른 이변이 없다면 자신의 우승은 확정적인 것이었다.

서럽다는 듯, 마치 울먹일 것만 같은 표정의 시론.

"당연하다! 생도들에게 무투대회가 어떤 의미인지 넌 정말 모르는 거냐! 치사하게 너만 개인전으로 도망가려는 건 아니겠지?"

"에이 설마요?"

"진짜 그런 생각을 했다고?"

괜스레 양심이 찔렸다.

루인이 씁쓸하게 웃었다.

아카데미에 입학한 생도라면 모두가 꿈꿔 왔을 무투대회.

이 눈부신 열정의 생도들을 결국 인정해 줄 수밖에 없었다.

루인의 시선이 생도들을 훑는다.

"재구축 수련법의 성과는? 진전이 있었나?"

자신감 있게 대답하는 다프네.

"마나홀을 부순다고 해도 재구축하는 데 하루면 족해요."

"호오, 시간을 엄청나게 단축시켰군. 새롭게 구성하는 서클의 수준은?"

"꽤 편차를 줄였어요. 이제 시도하면 매번 4위계 이상을 달성할 수 있어요. 그 이상은 아직 확률적이지만요."

"나도 이제 3위계 이상은 늘 달성한다!"

"나도!"

루인은 놀라웠다.

역시 무서운 천재성을 지닌 아이들이었다.

극악의 난이도로 정평이 난 헤스론의 재구축 수련법을 이렇게 빠른 속도로 익힐 줄은 예상하지 못했던 것.

이 속도를 유지할 수 있다면 생도들 모두 4, 50대에 이르러 현자급 마도사가 될 수 있을 것이다.

"오늘은 아직 마나홀을 붕괴시키지 않은 건가?"

"네."

"지금부터 할 생각이었다!"

루인이 시론을 응시했다.

"재구축 수련법 이후 직접 술식을 펼쳐 본 적이 있나?"

"응? 없는데?"

마나홀을 부수고 다시 재구축하는 수련에 매진하는 것만으로도 매일매일 정신과 육체가 녹초가 되는 마당이었다.

그런 재구축 수련법이 끝난 후에도 날뛰는 서클을 안정시키느라 잠들기 전까지 심상 수련을 병행해야만 했다.

더욱이 생도들은 달리기 수련까지 단 하루도 거른 적이 없었다.

"술식 수련까지 한다면 전 아마 죽을지도 몰라요."

생도들은 루인이 지금 자신들의 부족한 노력을 꾸지람(?)하는 줄로만 알고 있었다.

"오해다. 너희들의 노력을 폄하할 생각은 없다. 어쨌든 그렇다면 아직 잘 느끼지 못하겠군."

"느끼다뇨?"

루인이 웃으며 다프네를 바라본다.

"지금 아무 술식이나 펼쳐 봐라."

"네."

다프네가 선택한 마법은 중위계 원소 마법 '명왕(冥王)의 숨결'이었다.

명왕의 숨결은 엘고라 학파의 상징적인 마법으로, 그녀가 현자 에기오스의 수제자라는 증명이기도 했다.

화르르르르-

"어?"

다프네는 자신의 오른손 위로 타오르는 어두운 불꽃을 바라보며 당황해하고 있었다.

"캐스팅 딜레이가 훨씬 줄었군."

"자, 잠깐만요?"

시전 시간뿐만 아니라 마력과 염동력의 소모도 훨씬 덜했다.

더구나 마법 자체의 위력까지 좀 더 강해진 것 같았다.

"이게 왜 이러죠?"

기존에 술식 수련을 해 왔다면 이해가 될 것이다. 하지만 명왕의 숨결에 대한 어떤 수련의 진척도 없었다.

휘우우우웅!

시론도 풍절계 원소 마법, '방랑자의 탄식'을 시전하다가 깜짝 놀라 뒷걸음질 쳤다.

"뭐, 뭐야 이게!"

풍절계 마법은 그 특유의 엄청난 난이도로 시론이 늘 어려워하던 원소 마법이었다.

한데 너무나도 자연스럽게 잔잔한 바람의 파동이 동굴 전체로 퍼져 나갔다.

이 모든 일에 당황하지 않는 사람은 오직 루인뿐이었다.

"헤스론이라는 마법사가 있다."

"헤스론?"

고개를 끄덕이는 루인.

"재구축 수련법을 창조한 위대한 마도사다. 마법에 대한 신념과 열정이 누구보다 대단한 마법사지."

"아!"

루인이 환하게 웃는다.

"나중에 그를 만난다면 굳이 스승으로 경배할 필요는 없다. 다만 너희들에게 뛰어난 경지를 가능케 한 이의 이름 정도는 알아야 하지 않을까 싶어서."

다프네가 조심스럽게 질문한다.

"저희들에게 무슨 일이 일어난 거죠?"

씨익.

"마나 친화력과 감응력. 적어도 수십 배 이상 강화되었다. 너희들의 마력 동조율(Mana Synchronization Rate)이 말도 안 될 만큼 증가한 것이지."

대마도사라 불린 자신보다 오히려 더욱 마법사의 전형에 가까운 영웅.

철저한 효율성만을 추구하는 뛰어난 두뇌의 마법사.

그런 헤스론의 독특한 체계, 재구축 수련법으로 양성한 '광휘(光輝)의 마도 군단'은 검성의 '철혈 결사대'와 더불어 인류 연합이 자랑하는 최고의 군단이었다.

자신과 더불어 전쟁의 마지막까지 살아남았던 마법사 헤스론은 아직도 루인의 머릿속에 선연하게 남아 있는 존재.

만약 자신이 마신 샤이로벨의 마법을 잇지 않았다면 반드시 헤스론의 재구축 수련법을 선택했을 것이다.

그만큼 헤스론의 수련법은 태초의 마법사 테아마라스 이후 가장 뛰어난 효율을 보여 준 마력 수련법이었다.

악제에 의해 인류가 처참하게 망가지지 않았더라면, 어쩌

면 그는 테아마라스, 헤이로도스와 비슷한 반열의 마도사로
역사에 남았을 터.

"저로서는 처음 들어 보는 마법사의 이름이네요."

하지만 고개를 갸웃거리는 다프네.

짧은 시간에 마력 동조율을 이렇게 엄청난 수준으로 끌어
올릴 정도라면 분명 뛰어난 마법사의 수련법이라 생각했다.

마나 수련법을 독자적으로 개발하는 건 마탑의 고위 마법
사 정도가 아니라면 불가능하기 때문이다.

자신만의 체계를 완성한다는 것은 그만큼 힘든 일.

〈전 그 이름을 들어 본 적이 있어요.〉

"응?"

모두가 루이즈를 쳐다보자 그녀가 환하게 웃었다.

〈요정족의 마을에서 그런 이름을 지닌 아이를 본 적이 있
어요. 인간이지만 요정의 말을 무척 잘하는 아이였어요.〉

루인이 궁금증을 드러냈다.

"요정족? 아는 요정족이 있었나?"

요정족, 엘프들은 극도로 폐쇄적이다. 특히 인간들에게 갖
는 감정은 가히 원한에 가까웠다.

어린 엘프들을 관상용이나 애첩으로 활용하기 위해 사냥을 일삼는 인간들을 극도로 혐오하는 것이다.

더욱이 인간 문명의 도시들이 생겨나는 만큼 숲은 파괴된다.

이렇듯 요정족들의 입장에서 인간이란 모든 면에서 백해무익한 존재였다.

〈어릴 때 잠시 요정족 마을에서 지낸 적이 있어요.〉

요정족 마을에서 잠시 지냈다는 사실은 깜짝 놀랄 만한 일이었다.

아무리 어린아이라도 인간은 인간.

그 폐쇄적인 요정들이 루이즈를 받아들였다면 그녀에게 요정족의 마음을 사로잡을 만한 어떤 면모가 있다는 뜻일 것이다.

"왕국의 어느 지방이었지?"

〈그곳은 르마델 왕국의 영토 밖이에요.〉

루인이 되물었다.

"혹시 서부 왕국들 중 하나였나?"

〈그걸 어떻게……?〉

당황하는 루이즈의 반응에 루인은 슬며시 웃고 있었다.

영웅이 되기 전 헤스론은 한동안 서부 산림 지대의 흑마법사로 불렸다.

그에게 친구는 몬스터와 이종족이 전부였다.

세상과 단절한 채 괴팍스럽게 살아가니 당연히 사람들은 그를 흑마법사라고 여긴 것이다.

마법은 결코 독학으로 완성할 수 있는 학문이 아니었다.

마탑도 아카데미 출신도 아닌 그가 어떻게 그토록 뛰어난 마도를 완성할 수 있었는지 안 그래도 루인은 궁금하던 참이었다.

어쩐지 헤스론의 마법이 독특하다고 생각했는데 역시 그의 기반이 요정족의 마법이었던 것.

그가 루이즈와 인연이 닿아 만난 적이 있었다고 하니 가슴속에 따뜻한 감정이 번져 갔다.

어쩐지 과거에도 루이즈가 헤스론을 끔찍하게 아끼더라니.

루인은 만나게 될 사람은 결국 어떻게든 만나게 되어 있다는 고대 철학의 한 구절이 떠올랐다.

'인연의 끈이란 건 결국 존재한단 말인가.'

대륙에는 수천만 명이 산다고 알려져 있다.

하필 그 수천만 명이 살아가는 이 순간, 이 시대.

그런 수학적으로 말도 안 되는 확률을 뚫고 이 유적 동굴에서 자신과 마주 바라보고 있는 이 아이들은 이번 생의 어떤 의미일까.

사람이 사람을 만난다는 건 역시 무척 신비로운 일이었다.

"설마 루이즈가 만난 어린아이가 그 헤스론이라는 분과 동일 인물은 아니겠죠?"

다프네의 조심스러운 질문.

하지만 루인은 그저 은은하게 웃으며 루이즈를 바라보고 있었다.

"나중에 그 숲에 함께 가자."

〈네! 좋아요!〉

요정족 마을은 루이즈에게 좋은 추억인 모양. 그녀는 여느 때보다 환하게 웃고 있었다.

이후로도 루인은 친구들의 재구축 수련법의 성과를 더욱 꼼꼼하게 살피기 시작했다.

염동력과 마력의 절대량.

회로 구현력과 연산력 수준.

마력 동조율과 마나 감응성.

마지막으로 어쩌면 가장 중요하다고 할 수 있는 멘탈리티까지 체크를 끝낸 루인.

한데 의외로 다프네가 아니라 시론의 역량이 경악스러운 수준으로 발전되어 있었다.

루인이 얼떨떨하게 반응하자 눈치라도 챈 듯 시론이 호탕하게 웃었다.

"하하하! 봤느냐! 내가 이 정도다!"

허공에 화려하게 마법진을 그리며 득의양양하게 웃고 있는 시론.

문득 리리아가 눈살을 찌푸렸다.

"바보 같다."

바로 옆에 루인을 두고도 저렇게 잘난 웃음을 흘릴 수 있는 건 어떤 의미로는 대단하게 느껴질 지경.

하지만 의외로 루인이 그런 시론을 인정해 주었다.

"정말 많이 노력했겠군. 훌륭하다."

다소 과장스러운 행동 속에 깊은 마음을 숨기고 시론.

루인은 그런 그의 본질을 잘 알기에 응원해 주었다.

시론이 마치 울 것만 같은 표정을 했다.

"정말이냐? 내 치열한 노력이 느껴지냐고!"

루인은 함부로 칭찬을 하지 않는다.

때문에 그의 칭찬은 어떤 보상보다도 달콤한 것이었다.

"마법의 세계에서 모든 마법적 성과란 존중받아 마땅하다. 이 세계에 환상적인 우연 같은 건 존재할 수 없기 때문이지.

그걸 누구보다 잘 알기에 하는 칭찬이다."

"네, 네가 그렇게까지 말한다면……."

시론이 쭈뼛거리다가 얼굴에서 장난기를 지운다.

이내 진지한 표정이 된 그가 슬며시 웃었다.

"헤스론이 누군지는 모른다. 그에 대한 감사는 나중에 만나면 직접 하지."

"그래."

"지금 내 눈앞에 있는 사람은 너 루인이다. 내게 새로운 마법의 세계를 보여 줘서 고맙다."

재구축 수련법의 첫 단계를 밟아 갔을 때.

생도들은 당시 루인이 형성해 주었던 마나존(Mana Zone)이 얼마나 엄청난 효과로 작용했는지를 경지가 올라갈수록 체감할 수 있었다.

첫 재구축의 위험성은 무서운 것.

바로 루인이 그런 도박에 가까운 첫 구축의 위험성을 최대한 상쇄시켜 준 것이다.

"알면 됐다."

"썩을."

그때, 슈리에가 루인에게 다가왔다.

"그 재구축 수련법…… 지금부터 저도 해 볼 수 있을까요?"

그 말에 리리아가 인상을 찡그렸다.

물론 다른 생도들도 마찬가지였다.

"이제 안전한 수련법이라는 판단이 섰다 이건가?"

슈리에는 비릿하게 웃고 있는 루인의 얼굴을 마주 바라보지 못하고 고개를 푹 숙이고 있었다.

다른 모든 생도들이 루인을 믿고 새로운 수련법에 도전했을 때.

그녀는 마지막 순간까지 루인과 스스로를 믿지 못했다.

재구축 수련법의 자세한 과정을 다시 말해 주는 거야 어렵지 않았다.

그러나 루인은 굳이 그럴 필요성을 느끼지 못했다.

그렇게 한다면 생도들이 보여 준 용기에 대한 배신이었다.

"늦었다, 슈리에. 어차피 너는 무투대회조차도 거부하지 않았나."

단칼에 슈리에의 청을 거부한 루인이 다른 생도들을 향해 시선을 옮겼다.

"이명 랭커들은 틀림없이 너희들을 타깃으로 삼을 것이다. 특히 세베론과 리리아. 너희들을 얕잡아 보고 있을 확률이 높아."

시론은 대외적으로 현자 에기오스의 손자라 알려진 마법 생도, 또한 다프네 역시 현자의 수제자이자 입탑 마법사다.

단순한 무등위 생도라고 볼 수가 없는 것이다.

반면에 세베론은 인지도랄 것도 없는 무명.

리리아 역시 '설혼 레예스'의 여동생이라는 것만 알려져 있을 뿐, 인지도가 거의 없는 편이라고 해도 무방했다.

리리아의 두 눈에 맹렬한 투쟁심이 얽힌다.

"놈들이 날 얕잡아 본다면 그 대가를 치르게 될 거다."

피식.

"호승심만으로 이길 수 있는 녀석들이 아니다."

다프네의 불안한 목소리가 들려왔다.

"타가엘의 대마법 전투를 본 적이 있어요. 전 그에게 미치지 못해요."

"뭐라고?"

"응?"

다프네의 마법적 경지는 이명 랭커들 못지않았다.

한데 그런 그녀가 입탑 마법사의 고고한 자존심을 망설임 없이 내려놓은 것이다.

"네가 그렇게 쉽게 인정한다고?"

시론의 질문에 다프네가 고개를 끄덕였다.

"순수한 마법의 경지를 말하는 게 아니야."

퉁명하지만 다소 긴장 섞인 리리아의 반응이 이어졌다.

"대마법 전투에 한정해서 말하는 거겠지."

다양한 분야의 마법을 섭렵하고 있는 다프네와는 달리 타가엘은 극강의 원소 마법사였다.

원소 마법사를 진로로 삼은 마법사들은 평생 동안 선택과 집중에 매진했다.

인간의 연산력이 지닌 한계상, 다양한 분야를 섭렵하는 것은 원소 마법과 맞지 않았다.

순수한 마도 연구라면 몰라도 극한의 실전성을 추구하는 원소 마법사들은 반드시 원소를 선택할 수밖에 없는 환경인 것이다.

그래서 원소 마법사들은 지닌 재능에 따라 단일 원소, 최대 2원소를 선택한 후 불이면 불, 번개면 번개 하나의 원소 마법에만 파고들 수밖에 없었다.

당연하게도 마법의 공격력만을 조건으로 삼는다면 원소 마법사들은 일반적인 마법사들을 압도했다.

"그는 모든 것을 얼릴 수 있어요."

다프네는 끔찍한 재앙 같은 그날의 광경이 아직도 생생했다.

그의 결빙계 마법은 교수들, 아니 마탑의 일부 고위 마법사들조차 혀를 내두를 정도로 수준이 높았다.

그야말로 혹한(酷寒).

지금과 같은 속도로 성장한다면 결국 그는 세계를 얼리는 재앙으로 완성될 것이다.

"게다가 생동하는 화염 유리우스 역시 그런 타가엘과 실력이 거의 비슷한 원소 마법사죠."

세베론이 두려움에 떨었다.

"나도 소문은 들은 적이 있어. 유리우스 선배의 피닉스 카이저."

피닉스 카이저(Phoenix Kaiser).

최강의 원소 마법 학파, 카이저 학파의 대표적인 화염 마법.

유리우스는 불(火)의 예술, 화염 마법의 극한이라는 피닉스 카이저를 불과 생도 시절에 익혀 버린 괴물 중의 괴물이었다.

'피닉스 카이저라……'

악제와의 전쟁 중에 무수한 마법사들이 참혹하게 죽어 나갔다.

그들 중에는 분명 카이저 학파의 마법사도 있었다.

카이저 학파의 원소 마법은 분명 자신이 익힌 흑마법에 비견될 정도로 강력한 것이었다.

하지만 근본적인 한계, 치명적인 단점이 있었다.

말도 안 되게 긴 시전 시간, 즉 캐스팅 딜레이.

그래서 루인은 카이저 학파의 원소 마법사들을 그다지 좋아하지 않았다.

그들을 전술적으로 활용하려면 기사들이 너무 많이 희생되었다.

그들의 강력한 한 방을 위해 물밀듯이 밀려오는 적을 기사 병단으로만 상대해야 했기 때문이다.

"놈들의 전술이 대충 그려지는군."

시론이 웃고 있는 루인을 바라봤다.

"그래. 사실은 뻔하다. 기사 선배들이 무슨 수를 써서라도 시간을 벌겠지. 그중 타가엘 선배나 유리우스 선배 중 한 명의 원소 마법이라도 완성된다면—"

눈을 질끈 감는 다프네.

"그럼 끝장이에요. 지금의 저로서는 그들의 원소 마법을 막아 낼 능력이 없어요."

루인의 웃음이 더욱 진해진다.

"너희들이 잊고 있는 게 있다."

"응?"

"우리가 뭘 잊고 있다는 거죠?"

루인이 시선으로 누군가를 가리킨다.

"언령(言靈)만으로 디스펠이 가능한 존재는 나 말고 또 있을 텐데."

모두가 루이즈를 쳐다보자.

"절대언령은 너희들이 사기라 주장하는 내 염동력만큼이나 사기지."

언령은 말 그대로 시전자의 말 자체에 불가사의한 힘이 담긴다.

절대언령은 그만큼 사기적인 재능이었다.

아예 술식의 생성 단계부터 방해할 수 있는 절대언령.

사실 디스펠 술식이라고도 볼 수 없는, 그야말로 '권능'에 가까운 영역이었다.

하지만 정작 그 당사자는 무투대회의 출전을 합의한 적이
없었다.

시론의 열기 어린 눈빛이 루이즈를 향했다.

"루이즈! 우리 무투대회 멤버로 들어와 줄 수 있어?"

〈바라던 바예요.〉

곁에서 반갑게 웃던 세베론.

하지만 그는 이내 뭔가를 깨달은 듯 석상처럼 굳어졌다.

"멤버는 5명인데? 에이! 설마 아니겠지……?"

마을에서 천재라 불리며 자라 온 세베론이었지만 불행하
게도 이곳, 이 빌어먹을 목소리 그룹엔 그런 천재마저 잡아먹
는 괴물들이 너무 많았다.

객관적인 실력으로만 따진다면 사실 세베론이 가장 약한
것이다.

시론이 세베론의 어깨를 토닥였다.

"미안하다."

"시, 시론!"

울먹거리던 세베론이 루인을 쳐다본다.

하지만 루인도 말없이 그의 시선을 외면하고 있었다.

Chapter, 41

　강력한 원소 마법이 주류를 이루는 '꿈꾸는 불새의 둥지' 그룹에 속한 마법 생도라면 원소 마법사의 길로.

　궁극의 진리를 탐구하고 다양한 마법적 역량을 함양하는 '환영의 등나무 탑' 그룹의 생도들은 마도학자의 길로.

　이렇듯 '열망하며 은둔하는 목소리' 그룹에 생도의 미래를 책임질 정식 커리큘럼이 있었더라면.

　생도들의 성향과 특성, 재능에 맞는 마법의 길을 제시했을 것이다.

　하지만 알다시피 목소리 그룹엔 커리큘럼이 존재하지 않았다.

그룹의 지도 교수로 참여하겠다던 헤데이안 학부장조차 아직 아무런 연락이 없었다.

아무리 높은 신분이라지만 그 역시 마냥 노는 건 아니었다.

겨울 방학이 시작되기 전, 교수들의 연구 성과를 점검하고, 그룹별 실태 조사, 장학생 선발, 상벌자들의 처리 문제, 낙후 시설물 관리, 예산 집행 성과, 새로운 운영 방향 등.

그 역시 산적한 문제들을 처리하느라 머리를 싸매고 있는 것이다.

아마도 아카데미의 새 학기가 열릴 무렵에나 학부장의 얼굴을 볼 수 있을 터.

상황이 이쯤 되니 결국 목소리 그룹의 생도들은 성장 방향을 각자 스스로 선택할 수밖에 없었다.

물론 목소리 그룹엔 루인이 있었다.

모든 교수들의 역량을 합한다고 해도 결코 흉내 낼 수 없는 방대한 지식을 이미 오래전에 체계화한 마도적 존재.

이 엄청난 행운이 생도들의 잠재력을 극한으로 끌어올리고 있는 것이었다.

"시론. 느끼고 있다시피 너는 원소 마법사다."

확정적인 말투.

무슨 권유하는 것도 아니고 형을 집행하는 집행관처럼 루인은 선고하고 있었다.

문제는 반박이 힘들다는 것.

"나도 다양한 마도 연구를……."

"허튼소리. 넌 감각에 의존하는 마법사다. 머리가 그다지 좋지 않아. 연구 업적을 쌓아 가는 데 적합한 마법사가 아니다."

"씨……."

루인이 웃었다.

"대신 스펠 캐스터(Spell Caster)로서의 자질은 꽤 쓸 만하지."

가장 흔하지만 절대 무시할 수 없는 S.C형 마법사.

비록 평시에는 왕실의 예산만 축내는 천덕꾸러기 같은 S.C형 마법사지만.

전시에는 웬만한 고위 기사급 이상으로 각광받는 존재들이 바로 S.C형, 속칭 원소 마법사들이었다.

물론 가장 무난한 길인 만큼, 경쟁자들이 무시무시하게 많다는 것이 문제라면 문제.

어디 가서 스펠 캐스터라고 목에 힘 좀 주려면, 마탑의 고위 마법사들을 깜짝 놀라게 할 만큼의 강력한 원소 마법을 보유해야 했다. 그 유명한 유리우스나 타가엘처럼.

"생각할 시간을 좀 주면 안 될까?"

마도학의 깊고 너른 학문적 특성상, 한번 결정하면 결코 쉽게 바꿀 수 없는 것이 마도(魔道)의 진로였다.

그렇게 인생 최대의 기로에 서 있는 시론으로서는 신중에 신중을 기할 수밖에 없는 것이다.

"생각할 필요도 없는 문제다."

"하, 하지만!"

"거부를 거부한다. 네게 다른 길은 없다."

루인은 함부로 확언을 일삼는 마법사가 아니었다.

그런 그가 확고한 신념에 찬 주장을 하는 데는 충분한 이유가 있을 것이다.

"시간 낭비할 거 없다. 오늘부터 넌 스펠 캐스터의 심화 훈련을 병행한다. 재구축 수련법은 당분간 잊는다."

"재구축 수련법까지 하지 않는다고?"

"스펠 캐스터는 자신만의 감각을 가다듬는 것이 무엇보다 중요하다. 어느 정도 네 마도가 자리 잡기 전까진 재구축 수련법은 더 이상 할 필요가 없다."

"……알았다."

루인의 시선이 다프네로 향했다.

"다프네."

긴장하는 태가 역력한 다프네.

그녀의 예쁜 이마가 땀으로 홍건했다.

"마, 말씀하세요."

"넌 왜 원소 마법사로 길을 정한 거지?"

"아, 그건……."

루인은 그 결정이 쉽게 이해되지 않았다.

"물론 네 전체적인 마도적 역량은 뛰어나다. 모든 자질이 평균 이상, 아니 최상급이다. 솔직히 말하자면 너 정도쯤 되는 재능을 직접 경험한 건 몇 번 되지 않아."

"아……!"

기쁜 것도 잠시.

루인의 표정이 급격하게 차갑게 변했다.

"하지만 너에겐 치명적인 단점이 있지."

"네……?"

"너에겐 견고한 정신이 없다. 네 심리는 늘 불안을 안고 있다."

멘탈리티는 어떻게 보면 루인이 가장 중요하게 생각하는 자질이었다.

다프네는 결정적인 순간에 마음을 가다듬지 못해 제 실력을 모두 발휘하지 못하는 성향이었다.

눈앞의 상황을 인지하고 해석하여 그에 알맞은 술식들을 설계하는 능력까지는 발군.

하지만 자신이 가정했던 상황에서 조금이라도 변수가 발생하면 금방 당황해서 손발이 꼬이는 성격이었다.

이런 성향은 전장과 같은 다양한 변수가 존재하는 환경에서는 치명적인 단점으로 작용했다.

이와 같은 다프네의 성향을 뻔히 알고 있을 텐데도, 굳이 전장의 원소 마법사로 키운 이유를 루인은 이해하기 힘들었다.

현자 에기오스에게 무슨 꿍꿍이가 있음이 틀림없었다.

"지금이라도 늦지 않았다. 너는 회로 설계자나 학술 조언가—"

"아네요."

"굳이 전장의 환경을 경험하고 싶다면 대마법 전술가, 그것도 아니면……."

"저는 이미 원소 마법사예요."

그제야 루인은 그녀의 진로에 관한 결정에 에기오스가 관여하지 않았다는 것을 깨달았다. 순수한 그녀의 의지였던 것이다.

"음……."

전장에 관한 한 루인은 냉정했다.

망설이는 한 명의 희생으로 끝나는 게 아닌 것이다.

더구나 정신 문제는 마법적 재능과 상관없는 자질이라서 더했다.

"이미지해라. 이곳은 전장이다. 무조건 날 살려야 전술적인 대응이 가능한 상황이다. 대신 누군가의 희생이 필요하지."

"……네?"

"내가 대마도사급 마법사라 치자고. 내가 회복만 한다면 당장 활로를 열어 수만의 병사들을 살려서 돌아갈 수 있는 상황인 거다. 넌 그런 상황에서 순간도 망설이지 않고 시론을, 리리아를 희생시킬 수 있나?"

"그, 그건……."

루인이 피식 웃는다.

"넌 지금 적의 마력 포격을 막지 못했다. 전방의 대열이 박살 났다. 곧 기병들이 들이닥치겠군."

시론을 바라보는 루인.

"시론, 너라면 어떻게 했을까?"

"네가 회복만 한다면 수만 명을 살린다고? 망설일 필요가 있나? 명령도 듣기 전에 나부터 몸을 날렸을 거다."

루인이 다시 다프네를 쳐다본다.

"이런 점이 네게 없는 거다. 다프네."

다프네가 고개를 숙이며 입술을 깨물었다.

"……노력하겠어요."

"오히려 마법의 역량은 갈고닦기가 쉽다. 하지만 정신의 문제는 달라."

루인이 모두를 훑어본다.

"전장은 판단의 연속이다. 당사자의 희생만으로 끝나지 않아. 수만 명의 희생을 짊어지는 것. 그것이 방금 머뭇거린 결과다."

루인의 심연처럼 가라앉은 눈.

"순간의 판단도 제대로 하지 못하는 마법사가 수만 명을 희생시킨 죄의식을 감당하겠다고? 그게 가능할 것 같나?"

서릿발 같은 루인의 시선이 자신에게 닿는 순간 다프네는 죄인처럼 눈물을 글썽거렸다.

시약을 달이고 책과 씨름하는 마도 연구에 평생을 낭비하긴 싫었다.

하지만 원소 마법사가 되는 길에 자신의 성격 자체가 장애가 된다니.

지켜보던 시론이 고개를 갸웃거린다.

"참 이상하네. 왜 그렇게 울상인 거지? 원소 마법사보단 정통 마도학자 계열을 선택하는 것이 훨씬 출세에 도움이 될 텐데?"

연구 업적을 쉽게 쌓을 수 있는 정통 마도학은 가장 빠른 속도로 이름을 날릴 수 있는 길이었다.

마법학회에 업적을 남기는 순간 모든 학파와 마탑들의 주목을 받게 되는 것이다.

반면 원소 마법사는 전쟁이 일어나지 않는 한 별다른 할 일이 없었다.

평시에는 기껏해야 몬스터 토벌이나 도적 소탕, 반역자 진압 작전 등에 겨우 동원되는 수준.

마법사로서의 명예와 위상을 쌓을 수 있는 출발점부터가 다른 것이었다.

리리아가 다프네의 어깨를 잡았다.

"사람은 바뀔 수 있다."

루인이 고개를 가로젓는다.

"그리 쉽진 않다."

"할 수 있어. 나도 바뀌었으니까."

다프네가 두 눈을 동그랗게 뜨며 자신을 바라보자 리리아
가 차갑게 웃었다.

"나도 마음이 약했다. 오히려 너보다 더."

그녀들의 시선을 외면하는 루인.

리리아는 다프네의 경우와 다르다.

나약한 마음을 타고났을지는 몰라도 어브렐가의 저주, 멸
화의 공포 앞에서 본능적으로 마음이 단련된 것.

그러나 다프네에겐 그런 극단적인 환경이 없었다.

그렇다고 고의로 그런 공포심을 조장하는 것도 할 짓이 아
니었다.

〈마음을 단련하는 거라면 저도 도울 수 있어요.〉

루이즈가 그렇게 말해 주니 루인은 조금 안심되는 기분이
었다.

적요(寂寥)하는 마법사가 돕는다면 적어도 다프네의 마음
이 어그러질 리는 없을 테니까.

'그래. 모든 것을 내가 도울 필요는 없지.'

이런 것이 동료고 팀일 것이다.

루인은 그렇게 스스로 알아서 상호 보완적인 관계로 발전하는 생도들이 뿌듯했다.

〈제겐 어떤 진로를 추천해 주시는 거죠?〉

루이즈의 질문에 피식 웃으며 반응하는 루인.

"굳이 내 추천을 받을 필요가 있나?"

이미 루이즈의 길은 정해져 있다.

스스로도 느끼고 있을 것이다.

단지 자신을 통해 확인받고 싶은 것일 뿐.

〈역시 제 재능은 마나 재밍에 있는 건가요.〉

마력에 대한 동조 감응력이 높다는 것은 역설적이게도 그 반대도 쉽다는 의미였다.

마나 재밍(Mana Jamming).

마력 자체를 먼저 읽고, 술식으로 얽히기도 전에 방해 혹은 차단할 수 있는 권능에 가까운 역량.

이건 사실 디스펠(Dispel)이라기보다는 디버퍼(Debuffer)에 가까운 영역.

더욱이 적요하는 마법사의 상징이라고 할 수 있는 지팡이, '진노하는 침묵의 영언자' 역시 그런 마나 재밍의 성향에 딱 어울리는 아티펙트였다.

〈 결국엔 저주 마법을 익혀야 하는 거잖아요. 〉

루이즈가 보유하고 있는 절대언령 자체가 모든 마법사에 겐 저주다.

이미 자신의 길을 잘 알고 있는 루이즈에게는 별다른 조언이 필요하지 않았다.

잠시 후, 그렇게 무투대회에 참여하는 생도들에게 앞으로 살아갈 마도(魔道)를 정해 준 루인.

스펠 캐스터 시론.

배틀 카운터 리리아.

스페셜 매지션 다프네.

스페셜 디버퍼 루이즈.

인류 연합에서 마법사들의 병과를 구분 짓던 대마도사의 체계가 긴 세월을 격하고 다시 세상에 드러난 것이었다.

한데 모두가 루인을 기이하게 바라보고 있었다.

친구들의 모든 진로를 정해 준 그였지만 정작 그 스스로는 마도를 밝힌 적이 없었기 때문이다.

가장 참을성 없는 시론이 물었다.

"넌 어떤 진로로 정한 거지?"

유적 동굴 밖으로 향하던 루인이 발걸음을 멈추었다.

진로는 아이들이나 정하는 것이다.

자신은 굳이 진로가 필요가 없는 마법사였다.

"이건 중요한 문제 아닌가? 네가 그랬잖아. 등 뒤를 맡길 거라면 서로의 모든 면을 알아야 한다고."

일리가 있다는 듯 고개를 끄덕이는 루인.

'⋯⋯.'

역사가 남긴 모든 지혜를 탐닉하여 마침내 진리에 다가간 자.

자연 현상에 순응하지 않는, 섭리라고 믿고 있는 모든 것들을 끝없이 의심하고 궁구하는 자.

마나의 지배자.

술식의 어버이.

경배와 찬미로 대변되는 그 위대한 이름.

"대마도사(大魔道士)."

만 년 이상 걸어온 길.

루인의 두 눈이 뿜어내고 있는 그 무시무시한 기운에.

모든 생도들이 가슴을 떨었다.

에오세타카의 권속들이 혈우 지대의 마신 쟈이로벨에게

갖는 두려움은 지대했다.

한데 에오세타카 당사자도 아니고 놈의 권속에 불과한 '썩은 벌레 아므카토'에게 한 달이 지나도 소식이 없었다.

에오세타카의 권속들이 스물 이상이나 인간계에서 활동하고 있다면 무슨 반응이라도 있어야 정상.

쟈이로벨의 존재를 안 이상 광염 지대를 무사하게 활보하려면 최소한의 성의라도 보여야 하는 것이다.

결국 유적 동굴 밖으로 나온 루인이 '교활한 삐에로' 비스토를 찾아 나서기에 이르렀다.

"비스토가 묵고 있는 기숙사를 알고 있나?"

"대, 대공자님!"

더 이상 아카데미의 생도들은 자신을 생도로 취급하지 않았다.

이제 하이베른가의 대공자라는 자신의 신분을 모르는 생도가 없는 것이다.

뭐, 나쁘지만은 않았다.

"이쪽입니다!"

기사 생도들 몇몇이 비스토의 기숙사로 자신을 안내하고는 절도 있게 경례하며 떠나갔다.

가볍게 인사를 주고받은 것만으로도 영광으로 여기는 모양.

루인이 피식 웃으며 당직 생도를 향해 다가갔다.

"비스토의 방을 알고 싶은데."

카운터에서 꾸벅꾸벅 졸고 있던 당직 생도가 침을 닦으며 슬그머니 일어났다.

"으응…… 누구…… 히이이익!"

북부인의 상징인 흑발.

깊고 차가운 두 눈.

최근 아카데미에 혜성처럼 등장한 하이베른가의 대공자가 바로 눈앞에 있었다.

"505호입니다! 하지만 놈은 불길한 녀석입니다! 혹시라 도……."

"됐다. 계속 자라."

비스토는 생도들에게야 불가사의한 이니그마(Enigma)겠지만, 녀석의 정체를 속속들이 알고 있는 루인에게는 그저 귀여운 먹잇감일 뿐이었다.

비스토가 숭배하고 있는 아므카토는 마왕도 아닌 고작 마장(魔將)급.

마계였다면 마신 쟈이로벨의 숨소리를 듣는 순간 도망쳐야 하는 불쌍한 녀석이었다.

'시설이…….'

3등위 생도들의 기숙사인 이곳 3관은 루인이 묵고 있는 6관과는 비교도 할 수 없을 만큼 깔끔했다.

이곳저곳 보수 상태도 좋았고 무엇보다 각각의 방 크기 자체가 6관보다는 두 배는 더 넓어 보였다.

아카데미의 등위(登位) 체계는 이토록 무서웠다.

실력과 성과를 철저하게 가늠하여 자격을 부여하고 그런 자격에 걸맞은 혜택을 제공하는 것.

3등위도 이런데 4등위 생도들이 생활하고 있는 기숙사는 얼마나 크고 화려할지 보지 않아도 대충 예상이 가능할 정도였다.

덜컥.

노크도 하지 않고 505호의 문을 여는 루인.

달랑 팬츠만 입고 책상에 앉아 있던 비스토의 두 눈이 찢어질 듯 부릅떠졌다.

"으아아악! 넌!"

온갖 괴상한 그림과 기괴한 문양들로 가득한 비스토의 방.

한데 그것들은 루인도 제대로 읽을 수 없는 문자와 그림들이었다.

아므카토를 숭배하고 있다면 마계의 문양이나 언어가 담겼을 텐데 그런 것도 아니라서 조금은 이상했다.

아마도 이니그마로서의 신비함을 유지하기 위한 컨셉 같아 보였다.

"한심한 녀석."

아카데미 내에서 재앙의 이니그마로 활동하며 이명 랭커들 앞에서도 안하무인으로 행동하던 비스토.

그러나 루인에게는 고양이 앞에 서 있는 쥐새끼나 마찬가
지였다.

"그동안 잘 지냈나?"

씨익.

마신 쟈이로벨의 강림체를 직접 대면했던 비스토.

그런 그에게 루인의 웃음이란 마신의 사악하고 기괴한 미
소와 동일한 것이었다.

"그, 그렇지 않아도 조만간 찾아뵐 생각이었습니다!"

"널 괴롭힐 생각은 없다. 아므카토와 직접 대면하겠다."

"예? 하지만 그건 너무 고통스럽……!"

"나와라. 아므카토."

그 순간.

"끄아아아악!"

머리를 움켜쥔 채 처참한 비명을 지르며 비스토가 쓰러지
자.

츠츠츠츠츠-

그의 머리 부근에서 핏빛 아우라가 일렁이더니 벌레왕 아
므카토가 순식간에 튀어나왔다.

형상이 모호한 부정형의 아므카토.

하지만 내내 몽글거리며 뭔가 안절부절못하는 모습.

분명 인간의 표정 같은 건 아니었지만 루인은 극도의 불안
에 떨고 있는 아므카토의 굴종을 읽을 수 있었다.

"열광(熱狂)의 권속들은 시간을 숭배하지 않나?"

마족들은 인간들과는 달리 일정한 경지를 이룩하면 불멸자로서의 삶을 누리게 된다.

그렇게 영원에 가까운 시간을 살아가는 마족들은 일견 시간을 소중하게 여기지 않을 것 같지만.

정작 인간들보다 더욱 시간의 절대성을 숭배하는 습성을 지니고 있었다.

〈우, 우리 에오세타카 님의 권속들 역시 시간을 절대적으로 숭배한다!〉

"그런데도 날 찾지 않았다는 건 너희 열광 무리들이 아직 혈우 지대의 군주를 정복 군주로 인정하지 않고 있다는 뜻인가."

〈그것은……!〉

사실, 엄밀히 말하자면 조금 묘하게 돌아가는 상황이었다.

과거, 에오세타카의 광염 지대를 마신 샤이로벨이 정복한 건 틀림없는 역사적 사실.

그러나 마신 샤이로벨 역시 본인의 혈우 지대를 대마신 므드라에게 일부 빼앗긴 상황이었다.

217

혈우 지대의 절반 이상이 므드라의 서풍 지대로 편입되어 버린 지금의 상황에서 쟈이로벨의 지배력은 예전만 못한 게 현실인 것이다.

서로 물고 물리는 막장의 상태.

이런 애매한 상황이 바로 에오세타카의 권속들이 다시 활개를 칠 수 있었던 근본적인 이유였다.

"역시 너희들에게 이젠 마신 쟈이로벨이 호구처럼 느껴진다 그 말이군."

츠츠츠츠츠-

자욱한 보랏빛과 함께 등장한 쟈이로벨이 기괴하게 표정을 꿈틀거린다.

〈끄으으으…….〉

루인이 재밌다는 웃음을 흘리자 쟈이로벨이 더욱 처참하게 표정을 구겼다.

마신의 체면이 말이 아니었다.

고작 열광 지대의 썩은 벌레 따위에게 무시를 당할 줄이야.

〈썩은 벌레야. 이 쟈이로벨이 네놈이 마고수면(魔枯睡眠)하고 있는 장소를 찾지 못할 것 같아서 그러는 것이냐?〉

〈본 마장의 진명으로 계약한 일이다! 외면할 생각은 없다!〉

〈흐음. 그래?〉

둘의 대화를 듣고 있던 루인이 다시 입을 열었다.

"그럼 왜 날 찾지 않은 거지? 시간은 충분했을 텐데?"

악제가 악신 발카시어리어스의 권속이라는 건 확정적인 사실이었다.

특유의 절대적이고 초월적인 악신의 본질.

존재감이 드러나는 순간 마족인 이상 그런 발카시어리어스의 신마력을 느끼지 못할 리가 없었다.

〈설사 흔적을 찾지 못했더라도 이 마신에게 성의를 보였어야 했다.〉

루인이 의아한 것도 바로 이 점 때문이었다.

마계의 마족들은 인간과는 달리 이름을 건 맹세를 목숨처럼 소중하게 여긴다.

마장이라면 그런 마족의 명예를 모르는 것도 아닐 텐데 무려 한 달 이상 반응하지 않는 것은 이상한 일이었다.

〈도, 동료들 일부가 사라졌다!〉

〈뭐?〉

아므카토의 대답이 함유하고 있는 뜻이 무엇인지 쟈이로벨은 선뜻 이해할 수 없었다.

사라졌다?

마고수면하고 있는 그들의 본체까지 소멸했다는 뜻인가?

이어지는 루인의 진지한 물음.

"자세히 말해 봐."

〈내 뜻을 받아들인 몇몇 마장들이 발카시어리어스 님의 계약자를 추적하기 위해 숙주를 움직였다!〉

"그런데?"

〈얼마 후 그들의 존재감이 사라졌다! 영혼 통신도 불가능해졌다!〉

루인의 표정이 기괴하게 꿈틀거린다.

지난 생, 악제의 수법에 철저하게 농락당한 경험을 지닌 루인.

그래서 루인은 악제의 권능에 당한 현상이라는 것을 직감적으로 알아차렸다.

"악제 놈의 영혼 포집술이다."

〈여, 영혼 포집술(靈魂捕執術)?〉

쟈이로벨이 경악하고 있었다.

그런 초월적 권능은 마신의 경지에서도 불가능한 영역이었기 때문.

"그래. 놈이 즐겨 쓰던 방식이지."

지난 생.

쟈이로벨을 돕기 위해 인간계의 전쟁에 참여한 그의 충성스러운 권속들.

악제는 그런 마족들의 영혼을 무슨 소장품처럼 차곡차곡 모아 갔다.

루인이 악착같이 이를 깨물었다.

이젠 확정적이었다.

악제의 역량은 무서운 속도로 완성되어 가고 있었다.

불행하게도 영혼 포집술로 그의 권능이 훨씬 빠르게 강화되어 버린 것이다.

〈영혼 포집술이라면……!〉

아므카토의 불길한 상상은 이내 현실이 되었고.

221

"그래. 악신 발카시어리어스의 권능이지."

대마도사 루인이 인간 진영의 초인들과 함께 끝까지 마계의 악신 발카시어리어스를 추적한 이유였다.

악제의 모든 것이 미지였지만 단 하나의 단서만은 존재했다.

인류의 역사가 남긴 고대의 기록.

연대도 파악할 수 없는 초고대의 문헌에 상상할 수 없는 재앙, 파멸적인 존재의 기록이 남아 있었다.

악신 발카시어리어스.

그의 권능을 악제가 구사하고 있었던 것이다.

〈믿을 수 없군. 아무리 그의 계약자라고 해도 어쨌든 본질은 재물에 불과하다. 그런 필멸자의 몸으로 어떻게 신성(神性)을 흉내 낼 수 있는 거지?〉

쟈이로벨의 이런 의문은 당연한 것이었다.

루인은 자신의 모든 것을 이은 대마도사.

하지만 그도 인간의 영혼에 담긴 잔향을 추적할 수 있는, 그러니까 마신의 본질적인 힘은 결코 흉내를 낼 수 없었다.

영혼 포집술이 바로 그런 종류의 초월적 권능.

발카시어리어스가 마계의 절대적인 존재로 군림할 수 있는 근원적인 악신의 힘이었다.

〈그럼 내 동료들은 어떻게 되는 거지?〉

"소멸이다. 놈의 강화된 권능의 재료로 쓰였겠지."

소멸(消滅).

영생에 집착하는 마계의 존재들이 가장 두려워하는 단어.

〈**마, 말도 안 된다! 엄연히 마고수면하고 있는 마계의 본체가 남아 있는데……!**〉

"아무리 너희들이라고 해도 영혼을 둘로 쪼갤 수는 없으니까."

영혼의 미약한 흔적이라 할 수 있는 사념을 남기는 수준만 해도 신(神)의 영역.

이 우주에 섭리라는 것이 존재하는 이상 영혼을 둘로 나눌 수는 없었다.

그게 가능하다면 그 자체로 이미 신이기 때문.

당연히 인간계에서 활동하고 있는 영혼이 포집당한다면 마고수면하고 있는 본체 따윈 무의미한 것이었다.

〈**계, 계약을 취소하겠다!**〉

발카시어리어스의 신적인 권능을 직접적으로 행사할 수

있는 존재.

그런 존재를 추적하는 일에 소멸을 각오해야 한다면.

아무리 이름을 건 계약이라고 해도 그건 말이 달라졌다.

차라리 혈우 지대의 권속들에게 계속 핍박을 견디며 살아가는 편이 훨씬 나은 것이다.

"인정한다. 나 역시 너희들이 놈의 강화될 권능의 재물로 쓰이는 건 원하진 않아."

이제 아므카토가 자신을 찾지 않았던 것이 모두 이해되었다.

계속되는 동료들의 실종 앞에서 상황을 살피는 것이 더욱 우선시 되었을 테니까.

문득 루인이 쟈이로벨의 강림체를 응시했다.

"부탁한다."

밑도 끝도 없이 갑자기 부탁한다는 루인의 말에 쟈이로벨의 얼굴이 더욱 기괴하게 꿈틀거렸다.

〈또 무슨 개수작이냐?〉

"알잖아."

〈아니? 모르겠는데? 난 네놈이 무슨 말을 하는지 정말 하나도 모르겠다.〉

"오직 너만 할 수 있는 일이다."

〈…….〉

악제에게 포집된 영혼을 추적할 수 있는 건 오직 쟈이로벨만이 가능한 권능.

〈지금 나더러 그 빌어먹을 인간 놈에게 먹히는 걸 각오하란 소리냐?〉

"대신 놈이 누군지를 알아낼 수 있지."

악제에 대한 원한은 쟈이로벨도 만만치 않았다.

한참 동안 고민을 거듭하던 쟈이로벨이 아므카토를 응시했다.

〈썩은 벌레. 네놈의 재물을 잠시 빌려 쓰겠다.〉
〈하지만 이 인간의 정신은 마신을 감당할 만큼 강하지 않다.〉
〈어차피 쓰고 버릴 거다.〉

잠시 뒤를 돌아보는 쟈이로벨.

〈어쨌든 잠시 동안은 이별이군.〉

피식 웃던 루인이 벌레왕 아므카토를 바라보며 기괴하게
웃었다.

"넌 당분간 내 거다."

그렇게 루인과 비스토는 서로의 마계 존재를 교환했다.

◆ ◈ ◆

비스토의 육체를 차지한 쟈이로벨은 곧장 에어라인을 박
차고 르마델 왕국의 남부로 떠나갔다.

어차피 비스토는 생도들은 물론 교수들까지 기피하는 존
재라 그 일을 신경 쓰는 사람은 아무도 없었다.

오히려 없어져 준다면 속이 시원한 계륵 같은 인물이어서
루인으로선 다행인 것이다.

쟈이로벨의 첫 번째 임무는 악제에게 잡아먹힌 마계의 영
혼들을 추적하는 것이었다.

그 외에도 왕국의 동태, 무엇보다 남부 권력의 역학 관계를
중점으로 살펴 달라는 루인의 부탁이 있었다.

또한 그는 렌시아가에 거의 도착했을 검성 윌켄이 무사한
지도 확인해야 했다.

쟈이로벨의 이번 임무들은 꽤 중요한 것이다.

-끄아아아아아……!

　마신 쟈이로벨의 강력한 권능에 의해 비스토의 육체, 즉 숙주를 잃어버린 아므카토.

　그는 루인의 영혼에 자리를 잡자마자 연신 처절하게 비명을 질러 댔다.

　강력한 인과율로 묶인 종속의 관계가 강제로 해제되어 버렸으니 영혼에 심각한 타격을 입은 것이다.

　반면 쟈이로벨과 루인의 관계는 역설적이게도 계약으로 묶인 상황이 아니었다.

　루인은 회귀한 인간.

　한번 영혼으로 맺은 종속의 계약은 결코 중복될 수 없는 것이 세계의 섭리였다.

　오히려 그런 상황이 쟈이로벨의 운신을 더욱 자유롭게 한 것이다.

-끄으으으…… 대체 이건……!

　도무지 믿을 수 없었다.

　루인의 영혼에 안착한 순간.

　곧바로 느껴지는 상상할 수 없을 정도로 광활한 영혼의 격(格).

비스토와는 비교조차 무의미한 그 아득한 영격에 절로 전
율이 치밀 정도였다.

이 정도면 마왕, 아니 마신이라고 해도 무방한 수준.

어떻게 인간이 이런 영격을 보유할 수 있는지 아므카토는
미칠 듯한 궁금증이 일어났다.

-역시 넌 인간이 아니었나!

이 정도면 평범한 수준의 숙주 따위가 아니었다.

마음속에서 탐욕스러운 욕망이 피어올랐으나 오히려 이런
존재와 함부로 계약을 맺었다가는 역으로 자신이 종속당할
위험까지 있었다.

"헛소리 그만하고 넌 무슨 능력이 있는지나 빨리 말해 봐."

루인으로선 큰 기대는 하지 않았다.

아므카토는 고작 마계의 마장(魔將).

마신 쟈이로벨의 역량에 익숙한 자신으로서는 분명 실망
할 것이기 때문이었다.

-난 벌레들의 왕이다!

"그래서?"

-나는 세상의 모든 벌레들을 부릴 수 있다.

"뭐……?"
당황스러운 아므카토의 권능.
아니 권능이라고 부르기에도 민망한 수준이다.
그래도 명색이 마계 군단을 통솔하는 장군인데 고작 벌레들을 조종하는 능력이라니…….

-단순한 조종이 아니다! 난 벌레들의 모든 감각을 내게 귀속시킬 수 있다!

"감각을 귀속한다?"

-맞다! 벌레들의 후각, 청각, 시각 등을 공유할 수 있는 것이다!

얼핏 보면 마장급치고는 다소 없어 보이고 황당하기 짝이 없는 권능이었다.
그러나 명석한 루인은 그의 능력에 담긴 무서움을 즉각적으로 알아차렸다.
"거리 제한 같은 건 없나?"

-없다! 차원과 차원 같은 아예 인과율이 부정되는 수준으로 떨어지는 것이 아니라면 이 세계의 벌레들은 모두 내 뜻 아래 통제된다!

"호오."

쟈이로벨이 고작 다른 지대의 마장급 마족을 알고 있는 사실이 조금 이상했는데, 가만 보니 실로 무서운 권능을 지닌 놈이 아닌가?

벌레의 의지를 조종하고 그들의 감각을 공유할 수 있는 아므카토의 존재는 모든 정보전에서 우위를 점할 수 있는 강력한 힘이 되어 줄 것이다.

루인의 두 눈에 금방 열기가 어렸다.

"통제할 수 있는 범위가 어느 정도지? 수백 수천만 마리의 모든 감각을 동시에 공유할 수는 없지 않을까 싶은데?"

-그건 불가능하다! 제대로 통제가 가능한 범위는 수십 마리 수준이다!

아니 수십 마리가 어디인가!

그것만으로도 거리 제한 없이 대륙의 모든 곳을 샅샅이 수색할 수 있거늘!

하지만 이어진 아므카토의 대답에 루인은 금방 황당해졌다.

-대신 벌레들이 죽으면 타격이 크다. 벌레들의 민감한 감각을 공유하다 보니 강제로 연결이 해제될 때 막대한 고통이 뒤따른다.

인상을 찡그리는 루인.
"외부 요인에 의해 갑자기 벌레가 죽으면 넌 어떻게 되는 거지?"

-한동안은 제대로 정신을 유지할 수 없다. 그사이에 이 아므카토가 너에게 무슨 짓을 할지를 장담할 수가 없다.

비로소 루인은 그동안 비스토가 왜 그토록 미친놈마냥 아카데미를 활보하고 다녔는지 이유를 깨달았다.

가끔 정신줄을 놓아 버리는 이놈의 영향이 컸던 것.

자신도 그렇게 될 수도 있다고 생각하니 루인은 온몸에 소름이 돋았다.

'하지만 비스토와 나는 다르지.'

만 년 이상 쌓아 온 광대무변한 영격.

만약 그런 자신의 정신이 아므카토의 폭주를 감당할 수만 있다면.

생명조차 되살릴 수 있는 쟈이로벨의 가장 강력한 권능에도 꿀리지 않는 수준이었다.

벌레왕 아므카토의 재발견!

"네 권능을 시연해 봐라. 물론 무리는 하지 말고."

괜히 무리하다가 통제하던 벌레가 파리채에 맞고 죽어 버린다면 자신도 비스토처럼 광대가 될 수 있었다.

-알았다.

그때.

머릿속이 간질거린다.

정신의 말초를 자극하며 밀려들어 오는 수많은 감각의 정보들!

무수한 겹눈이 보여 주는 총천연색의 정보.

주변의 모든 화학적 결합을 가늠할 수 있는 민감한 후각.

되돌아오는 음파의 파동으로 사물을 분간하는 날갯짓의 진동.

그렇게 인간의 몸으로는 결코 경험할 수 없는 민감한 감각들이, 아무런 수용체도 거치지도 않고 즉각적으로 뇌로 전달되고 있는 것이다.

"으, 으……."

루인은 아득해지는 정신을 가까스로 가다듬었다.

순간적으로 밀려들어 오는 정보의 양이 너무 방대했기 때문.

대마도사의 초월적인 연산력으로도 쉽게 감당할 수 없는 정보의 양이었다.

그것은 마치 수백 개의 눈과 귀로 세상을 보고 듣는 것만 같았다.

-너, 너는 정말 인간이 맞는 건가?

자신이 느끼고 있는 모든 감각을 하나도 빼지 않고 고스란히 공유했는데도 제정신을 유지하는 인간이라니!

"⋯⋯."

루인은 마치 광인처럼 웃고 있었다.

영토 곳곳을 누비는 벌레들의 감각을 통해 순간적으로 자신은 르마델 왕국 전체를 보고 들을 수 있었다.

그건 마치 신(神)이 된 기분.

"너 나중에 꼭 비스토에게 되돌아가야겠나?"

-그, 그걸 말이라고!

종속의 계약이 강제로 끊어지는 경험은 이번이 처음.

앞으로 자신에게 무슨 일이 일어날지 가늠조차 할 수 없는 상황이었다.

무슨 일이 벌어질지 몰라 지금도 내내 불안한 상황이거늘 아예 비스토를 포기하라니!

게다가 그 말은 그 무시무시한 마신 샤이로벨과 같은 영혼에서 지내라는 의미이지 않은가?

이 인간의 무시무시한 영격을 미뤄 볼 때 불가능할 것 같진 않았지만 그것은 자신에게 실로 끔찍한 재앙이었다.

"잘 생각해 봐. 네 재물은 되어 줄 수 없어도 느끼다시피 내가 평범한 인간은 아니니까. 네 경지에 도움이 되는 일이 생길지도 모르고 말이지."

-그, 그건……!

"이참에 아예 그냥 권속을 바꾸지 그래? 어차피 에오세타카의 열광(熱狂)을 받은 경험도 까마득하잖아? 권속들에게 자신의 권능을 내어 주지 않는 군주가 무슨 군주냐고."

광염 지대의 군주 에오세타카가 실종된 지도 수천 년이 흘렀다.

그의 권능과 축복을 기대할 수 없는 광염 지대의 권속들은 이 아므카토처럼 모두가 각자도생의 길로 내몰린 것이다.

"샤이로벨은 다르지. 분명 권능을 자애롭게 내어 줄 거다. 어쩌면 너는 내 입김으로 혈우 지대의 마왕이 될 수도 있다. 너도 봤다시피 내게 그 정도 힘은 있어."

-마왕(魔王)……!

마장 아므카토가 평생을 바라 온 꿈.

엄청난 위험 부담을 안고 인간계에서 영혼 섭식을 시도한
것 역시 모두가 그 마왕이 되기 위함이었다.

하지만 평생을 혈우 지대와 싸워 온 광염 지대의 권속으로
서 그런 배신행위는 결코 받아들일 수 없는 일.

*-이 아므카토가 그런 저급한 유혹에 넘어갈 거라 생각하면
오산—*

"나는 마신 쟈이로벨의 모든 마법을 이은 존재."

-흥! 그게 무슨 상관……!

"네 가장 큰 약점은 불의의 사고로 벌레들이 죽었을 때 의
식을 유지할 수 없다는 것이다. 나는 마신 쟈이로벨의 정신
강화계 룬마법을 알고 있다."

더 이상 아므카토는 상처 입은 야수처럼 날뛰지 못했다.

본래 마계의 마족들은 자신의 비전을 누군가에게 전수하
는 것을 극도로 꺼려 한다.

힘을 베풀 때도 종속들을 연명해 주는 수준으로만 그치지

절대 권능의 원천적인 비밀은 함께 나누지 않는 것이다.

수만 년 동안 이룩한 권능을 오롯이 자신의 것으로만 남기려는 것.

그래서 아므카토는 마신 쟈이로벨의 정신 강화계 룬마법을 향한 강렬한 욕망에 휩싸일 수밖에 없었다.

-쟈이로벨 님께서 그걸 가만히 지켜볼 리가……

"뭐 어때? 지금은 우리 둘밖에 없는데. 너도 시치미 뚝 떼고 쟈이로벨 앞에서만 조심하면 되는 거 아닌가?"

말이 되면서도 안 되는 신기한 어법.

분명 아므카토는 갈등하는 태가 역력했다.

루인이 쐐기를 박았다.

"아마 그게 네놈이 마왕이 되는 데 가장 큰 장애물처럼 보이는데. 그럼 계속 그렇게 벌레가 죽을 때마다 미친놈처럼 살든가."

루인의 말마따나 결정적인 순간에 의식을 잃어버리는 그 빌어먹을 부작용 때문에 그동안 아므카토는 수도 없이 일을 그르쳐 왔다.

틈만 나면 다른 권속들에게 전공을 빼앗기고 정신을 차려 보면 다른 군단의 감옥이질 않나…….

심지어 다른 진영의 마군들과 함께 에오세타카의 군단을

향해 돌격한 적도 있었다.

그 일로 에오세타카의 분노를 사, 아므카토는 2천 년 이상 감옥에 갇혀 있어야만 했다.

-정말 이 아므카토에게 정신 강화 룬마법을 알려 줄 수 있단 말인가?

"속고만 살았나."

-그 일을 정말 쟈이로벨 님에게 끝까지 비밀로 해 줄 수 있는가?

"어."

다소 성의 없는 루인의 대답이었지만 결국 아므카토는 욕망에 무너지고 말았다.

-거, 거래하겠다! 영혼 섭식의 재물을 포기하는 대가로 네게 룬마법을 전수받겠다!

"네놈의 이름을 걸어."

마족의 습성이라면 질릴 정도로 경험한 루인.

역시나 나중에 뒤통수를 칠 생각이었는지 아므카토는 한동안 침묵을 유지했다.

-꼭 그래야만 하는가?

피식.
"마족 간의 거래에서 이름을 걸지 않는 맹세가 얼마나 무의미한 일인지를 뻔히 알고 있을 텐데."

-아니, 넌 인간······.

"시끄럽다."
인간인 주제에 감히 마족 간의 거래를 운운하는 것이 기가 찰 노릇이었다.

-알겠다. 이 아므카토의 이름을 걸고 약속하지.

"좋아."
루인은 실로 날아갈 듯이 기뻤다.
이렇게 순수한 기쁨만을 느낀 지가 얼마 만인지 생각도 나지 않을 정도.
아므카토의 권능은 그만큼 자신에게 절대적인 힘이 되어 줄 것이 명확하기 때문이었다.

루인이 곧장 아므카토에게 명령한다.

"통제할 수 있는 모든 벌레들을 동원해 르마델 왕국의 남부로 보내라."

-남쪽이라면 어디로?

"지금부터 내가 불러 주는 모든 귀족가."

이어 남부의 가문들 모두 하나하나 읊어 대는 루인.

그러나 아므카토는 각 가문들의 위치를 정확히 알지 못했다.

"직접 보여 주지."

그렇게 루인의 이미지, 심상이 열리기 시작하자.

인간의 것이라고는 믿을 수 없을 정도로 광활하고 아득한 루인의 심상(心想) 세계가 아므카토를 집어삼켰다.

-이럴 수가······!

도저히 믿을 수가 없었다.

마장으로 살며 마계의 온갖 풍파를 겪어 온 자신의 심상이 초라해 보일 지경.

-넌 정말 정체가 뭐지?

루인이 수많은 가문의 위치를 이미지로 펼치며 비릿하게 웃었다.

　"아주 많이 산 인간."

Chapter, 42

루인은 남부의 귀족가를 정찰하고 있는 벌레들의 수를 절반 이상 줄여야만 했다.

며칠 적응한다면 벌레들의 감각을 살피면서도 충분히 일상생활이 가능할 거라 생각했는데 그건 오산이었다.

아므카토가 통제하는 벌레들의 감각이 뇌리로 밀려들어오는 순간, 또다시 정신이 아득해지면서 걸음을 떼기조차 힘들었던 것이다.

아무리 대마도사의 연산 능력이라지만 도저히 적응하기 힘들 정도.

지금 이 순간에도 벌레들이 보내오는 감각을 다스리느라

이미지나 술식 수련을 이어 가기가 힘들 정도였다.

하지만 지금쯤이면 어브렐가가 하이베른가의 새로운 봉신가가 되었다는 소식이 남부 전역으로 퍼져 갔을 터.

남부 귀족들의 정세를 살피는 것은 무엇보다 중요한 일이었다.

어떻게든 지금의 이 버거운 정신을 유지하는 데 익숙해져야만 했다.

-괴물……!

하나 아므카토에게는 자신과 감각을 공유하면서도 태연하게 일상생활이 가능한 루인이 신기한 동물처럼 느껴졌다.

지금까지 경험했던 인간은 자신의 감각권(感覺圈)에 조금이라도 연결되면 곧장 정신 폭주를 일으켰다.

심지어 바로 죽어 버린 인간들도 다수.

아므카토의 입장에서는 이렇게 루인이 멀쩡하게 정신을 유지하는 자체만으로도 불가사의 그 자체인 것이다.

많이 산 인간이라고는 하는데 그건 더 믿을 수 없었다.

분명한 소년의 외양.

그런 주제에 많이 살아 봤자 얼마나 살았겠는가?

어쨌든 중요한 건 그게 아니었다.

자신의 감각을 제공하는 대가로 계약을 했으니 받을 것만 빨리 받아 내면 그만이었다.

-인간. 정신 강화 룬마법은 언제 가르쳐 주는 거지?

"기다려. 얼마나 됐다고."

-설마 뒤통수를 치려는 건 아니겠지?

"내가 마족이냐?"

태연하게 인간보다 마족을 아래로 깔아 보는 루인의 태도
에 기가 찰 지경.

그렇게 아므카토가 새로운 재물(?)과 실랑이를 벌이고 있
을 때 루인에게 반가운 인물이 찾아왔다.

아카데미의 본관에서 느긋하게 걸어 나오고 있는 화사한
금발의 청년.

멋들어진 '뮬란드의 휘장'을 예복에 매달고 찾아온 그는 아
라혼이었다.

"여어. 친구."

왕가의 신성한 이름, 뮬란드를 미들네임으로 하사받은 그
는 더 이상 왕실의 흔한 왕자가 아니었다.

왕위 계승자, 왕세자의 권위를 한 몸에 짊어지게 된 아라
혼.

단숨에 핸드와 기수에 맞먹는, 최상위의 권력에 다가간 것
이다.

"보기 좋군."

루인이 아라혼의 가슴에 자리 잡은 뮬란드의 휘장을 바라
보며 웃고 있었다.

그러나 정작 아라혼의 표정은 별로 좋지 못했다.

"왜 그런 얼굴이지?"

"정작 좋은 상황은 아니라서 말이지."

쟈이로벨에 의해 자아를 강탈당한 채로 왕세자를 선언한
데오란츠 국왕.

그는 극도의 혼란을 겪으며 모든 국왕의 정무와 접견 요청
을 거부하고 장기 칩거에 들어갔다.

당연히 그런 상황에선 왕세자의 즉위식이 무기한 연기될
수밖에 없었다.

왕세자의 즉위식 또한 왕의 대관식 못지않게 성대하게 치
른다.

국왕이 부재중인 상황에서 정식 책봉을 할 상황이 아닌 것
이다.

"……그런가."

상황 설명을 모두 들은 루인의 표정 역시 아라혼과 비슷하
게 심각해졌다.

국왕 데오란츠의 의도야 뻔한 것.

지엄한 국왕의 명을 번복할 수는 없으니 왕의 직무를 중단해서라도 왕세자의 책봉을 지연시키려는 것이었다.

한데, 아라혼의 입에서 놀라운 말이 흘러나왔다.

"너는 혹시 사람의 마음을 조종할 수 있는 건가?"

내심 놀랐지만 루인은 내색하지 않았다.

"왜 그렇게 생각하는 거지?"

"그게 아니고는 해석할 수 없는 상황이었기 때문이다."

데오란츠 국왕은 살면서 자신에게 한 번도 웃어 준 적이 없는 냉혹한 아버지였다.

아니, 아예 관심이 없었다는 표현이 정확했다.

자신이 왕의 정무에 개입된 상황이 아니라면 얼굴 한 번 보기도 힘든 인간.

그게 자신의 아버지, 데오란츠라는 사람이었다.

"내 아버지의 성격상 절대로 할 수 없는 행동이셨지. 게다가 평소에 아무런 언급도 없이 왕가의 성스러운 이름 뮬란드를 하사하시다니…… 그건 차라리 메마른 하늘 아래 서서 벼락 맞기를 기다리는 것보다 더 힘든 확률일 것이다."

르마델의 역대 국왕들 중에서 성스러운 뮬란드를 미들네임에 새긴 왕은 얼마 되지 않았다.

그만큼 뮬란드는 왕가에 신성시되는 이름이었다.

왕국의 위대한 방패라 불렸던 역사 속의 뮬란드 왕은 제국의 침공을 무려 다섯 차례나 막아 낸 신적인 영웅.

명예와 명성만 따진다면, 오히려 초대 국왕 소 로오 르마델보다 더 위대한 영웅이 바로 뮬란드 왕이었다.

초대 국왕을 제외하면 역대 르마델의 국왕들 중에서 유일하게 초인의 경지를 정복했던 기사이기도 했다.

"비록 실질적인 권력이 없는 왕세자라 해도 1왕자와는 하늘과 땅만큼의 차이다."

"나는 지금 사람의 정신을 조종할 수 있는 마법을 가지고 있는지를 묻고 있는데."

하이렌시아가가 대전사로 내세운 알칸 제국 출신의 초인 기사.

마탑의 고위 마법사들의 증언에 의하면 루인이 그를 제압한 방식은 틀림없는 정신 마법이었다.

드래곤과 초월자들의 영역이라는 정신 조종 마법이 정말로 하이베른가의 대공자에게 가능한 것이라면 반드시 확인해야만 했다.

"그런 마법이 가능했다면 이미 난 신적인 존재가 됐겠지."

그건 마신 샤이로벨의 권능.

그것도 마법적 역량으로 데오란츠 국왕의 정신을 조종한 것이 아니라 강제로 그의 의식을 장악한 것에 불과한 것이다.

마신에게도 영혼과 정신을 조종할 수 있는 권능은 불가능한 영역.

"정말 네 짓이 아니란 말인가?"

"그렇다."

그렇다면 그날의 행동이 정말 아버지의 진심이라고?

사람의 모든 행동에는 인과가 있다.

그간의 아버지의 행동과 너무 맞아떨어지지 않는 결과라서 아라혼은 또다시 당혹스러웠다.

"음……."

아무리 생각해도 이해가 되지 않았지만 일단은 더 시급한 문제가 있었기에 아라혼이 화제를 돌렸다.

"어브렐가를 하이베른가의 새로운 봉신가로 맞이했다는 게 사실인가?"

"그렇다."

아라혼까지 알고 있는 것을 보니 남부는 물론 수도 왕성까지 소문이 쫙 퍼진 모양.

아라혼이 깜짝 놀란 표정을 했다.

"헛소문인 줄 알았더니 정말 놀랍기 짝이 없군. 그 회색의 어브렐가가……."

왕국의 허리, 중부의 용병들을 장악하고 있는 어브렐가는 수백 년간 대외적으로 철저한 중립을 천명해 왔다.

그런 도도한 자들이 하루아침에 하이베른가의 권속이 되었다는 건 쉽게 믿을 수 없는 일이었다.

그들은 지금까지 워낙 완고하게 중립적인 태도를 유지해

왔기 때문에, 국왕이 왕명을 내리는 것조차 부담스러워했을
정도였다.

"표정을 보니 어브렐가 역시 네 작품인가 보군."

"부정하진 않겠다."

"호오……."

처음 루인을 만난 그날부터 지금까지 그의 행동들은 모두
천재지변에 가까운 것이었다.

불경한 하대와 협박에 이은 갑작스런 친구 제안.

왕국 제일의 검술 명가 하이베른가의 대공자인 주제에 마
법학부 입학.

초인 대전사와의 대기사전을 압도적인 마법 실력으로 승
리한 비현실적인 마도(魔道).

게다가 모든 권력의 역학 관계를 무시하는 갑작스러운 왕
세자의 공표는 대체 무슨 수로 이끌어 냈단 말인가?

거기에 이제는 회색의 어브렐가를 복속시킨 것까지 제 실
력이라 말하고 있었다.

아무리 하이베른가의 대공자라지만 이런 상식 밖의 역량
은 도저히 저 나이에 가능한 수준이 아니었다.

한데 이어진 대공자의 말은 지금까지의 모든 놀람을 합한
것보다 더욱 충격적이었다.

"아라혼."

"응?"

"때론 거짓을 일삼는 것보다 진실을 외면하는 게 더욱 처참한 결과를 낳는다."

"갑자기 그건 또 무슨 소리지?"

황당해하는 아라혼.

그러나 루인의 눈동자는 한 치의 흔들림도 없었다.

"5년 전 라슈티아나 왕비님의 사고."

"뭐……?"

황급히 주변을 두리번거리다 루인에게 바짝 다가간 아라혼.

이미 그의 얼굴은 악마처럼 일그러져 있었다.

"……너 그 일을 어떻게?"

"내가 아는 건 그다지 중요하지 않다. 문제는 왕실의 모든 구성원들이 외면하고 있는 하나의 진실이지."

"진실?"

"사람이, 그것도 연약한 여인의 몸으로 그런 참변을 겪고도 정말 살 수 있는가에 대한 근원적인 물음."

"네 이놈!"

차아앙!

결국 검을 뽑아 든 아라혼.

루인을 찢어발길 듯한 그의 무시무시한 두 눈이 사납게 이글거리고 있었다.

"여전히 외면하고 있군."

루인의 입매가 조소를 그려 내고 있었다.

　　집단적인 망상증.

　　왕실은 고의로 스스로의 역사를 부정하고 있다.

　　이어 루인의 입에서 왕실이 외면하고 있는 적나라한 진실이 드러나기 시작한다.

　　"단검이 자루 끝까지 파고들었다. 그런 수준으로 목이 찔리고도 인간이 살 수 있는 확률은 한없는 제로에 가깝지."

　　비웃는 루인.

　　"한데도 왕실은, 아무 일도 없었다는 듯이 살아난 라슈티아나 왕비님에 대해서 누구도 의문을 가지지 않았다. 모두가 자연스럽게 환담을 나누며 식사를 해 댔지. 왜일까?"

　　아라혼의 온몸이 떨리기 시작한다.

　　"그, 그만!"

　　피식.

　　"국왕은 절대로 그런 짓을 벌여선 안 되는 사람이기 때문이지."

　　"이, 이……!"

　　"아라혼."

　　루인의 차분한 눈빛.

　　"왕실은 모두 집단적인 최면과 세뇌에 걸리기라도 한 건가? 라슈티아나 왕비님께서 알칸 제국의 공주라서? 아무리 외교적인 일이 걸린 일이라지만 어떻게 그런 끔찍한 일을 한 명도 아니고 모든 왕족들이 일제히 외면할 수 있는 거지?"

아라혼이 루인의 멱살이 잡는다.

"감히! 왕실의 권속 아래 있는 네놈이!"

하지만 여전히 무심한 루인의 눈빛.

"더 이상 네놈에게 입을 여는 것을 허락지 않겠다! 감히 르마델의 신하 된 자가 어찌 그렇게 함부로 입을……!"

"아라혼."

"지껄이지 마라!"

루인이 자신을 눈빛을 피하는 아라혼의 머리를 잡고 다시 시선을 맞추었다.

"아라혼."

"네, 네놈! 감히!"

"날 친구로 여긴다면 내 눈을 피하지 마라."

"……."

호수처럼 잔잔한, 끝없는 바다와 같은 루인의 동공에 아라혼은 마치 빠져들 것만 같았다.

"너……!"

"어머니는 죽었다."

"……."

"네 아버지, 데오란츠 국왕에 의해."

이 진실을 인정하지 않으면 모두가 역사에 괴물로 남을 뿐이다.

그런 괴물들 중에서 가장 강력하고 사악한 괴물이 되었던 인물이 바로 이 아라혼이었다.

당장은 아플 것이다.

소스라치도록 두려울 것이다.

하지만 루인은 이 집단 최면의 광기에서 그를 벗어나게 해 주고 싶었다.

또다시 그를 왕국의 죄인으로 남게 하긴 싫었다.

결국 아라혼이 무너지기 시작했다.

"루인⋯⋯."

모든 것을 쏟아 낼 것만 같은 표정.

루인이 담담하게 아라혼의 시선을 마주 바라보았다.

"그래. 아라혼."

휘우우우우-

사납게 불어온 에어라인의 바람.

루인의 거친 흑발이 어지럽게 휘날린다.

"지금의 왕비는 대역이다. 그리고 곧."

루인의 시선이 머나먼 지상의 왕성을 향한다.

"그녀는 한계에 도달할 거다."

아라혼은 아무런 말도 할 수 없었다.

그저 멍하고 처연한 심정으로 루인의 시선을 함께 좇을 뿐이었다.

그의 동공은 시푸른 하늘처럼 비어 있었다.

국왕 데오란츠가 왕비를 죽였다.

더욱이 이 사건을 조사한다면, 국왕의 추악한 성적 욕망이 적나라하게 드러날 것이다.

이런 사실이 대외적으로 알려질 경우 왕실의 명예가 모조리 부정당함은 물론 알칸 제국과의 전쟁까지 각오해야 하는 일.

무엇보다 가장 중요한 건 왕실의 몰락 그 자체였다.

땅에 떨어진 왕실의 명예와 권위로는 더 이상의 왕권을 담보할 수 없는 것이다.

"정말로……."

인간의 심리엔 본능적인 방어 기제가 있다.

끝까지 외면하고 싶은, 도저히 사실을 받아들이기 힘들 땐 자신도 모르게 기억을 지워 버리는 것이다.

루인이 보기에 아라혼은 그런 왜곡된 기억, 인지의 부조화 속에서 살고 있었다.

아마도 많은 왕실의 구성원들 또한 이런 상태일 것이다.

"이제 난 어떻게 해야……."

루인의 차가운 눈.

"무엇보다 우선해야 하는 건 일단 대역 왕비의 마음을 안정시키는 것이다."

과거처럼 사교 파티 중에 목을 매달아 자살하는 대역 왕비의 역사가 반복된다면 그땐 이미 늦은 것이었다.

파국이 시작되기 전에 일단 그녀의 불안정한 심리를 안정시키는 것이 우선이었다.

"하지만 나는 명목상 그녀의 아들이다……."

"그런데?"

진실을 말하는 것을 두려워하면 아무것도 나아질 수가 없다.

루인이 여전히 표정 하나 바뀌지 않고 차갑게 말했다.

"넌 참 바보 같군."

"뭐……?"

"이 일로 데오란츠 국왕을 구석까지 몰아붙여야 한다. 적당한 시점, 적당한 사건을 만들어 그녀의 죽음을 공표하라고 압박하라는 뜻이다."

"무, 무슨 그런!"

루인이 비웃었다.

"권력이 장난인 거 같은가?"

고대로부터 권력의 도박판은 언제나 지옥이었다.

왕이 된다는 것.

친구와 형제를 죽이고 아비의 등에 칼을 꽂아 완성하는 광기(狂氣)의 길.

"렌시아가와 그 권속들은 모두 너의 정적(政敵)이다. 국왕 데오란츠 역시 네가 왕세자가 되는 걸 방해하기 위해 이미 칩거한 상태. 이런 상황에서 과연 네가 무사히 즉위식을 맞이할 수 있을까?"

무거운 표정으로 입을 다물어 버린 아라혼을 향해 루인이 다시 비릿하게 웃는다.

"어쨌든 국왕 스스로가 1왕자인 너를 왕세자로 선언한 마당. 네가 취해야 할 행동은 당연히 협박이다. 국왕이 왕세자 선언을 번복하고 즉위식에 협조하지 않는다면 아버지의 추악한 행위를 전 왕국에 까발리겠다고 협박하는 거지."

"어, 어떻게 국왕의 적통인 내가 왕실의 명예를 스스로 부정한단 말이냐?"

피식.

"여전히 상황을 읽는 눈이 부족하군. 오히려 넌 철저하게 선을 표방해야 한다. 왕실의 명예를 추락시킨 국왕을 누구보다 철저하게 단죄해야만 한다. 또한 가증스런 대역 왕비로 전 왕국을 기만한 귀족 대신들을 함께 엮어 그들의 권력을 빼앗아야겠지. 산 채로 뼈를 발라 먹듯이 말이야."

"뭐……?"

"이것으로 넌 두 개의 효과를 추가적으로 얻을 수 있다. 첫 번째는 모든 정치적 명분, 즉 상황의 우위를 단숨에 점할 수 있다는 것. 두 번째는 너란 존재가 몸을 낮추고 있던 렌시아가의 모든 적들에게 희망이 된다는 것."

"그래도 렌시아가는……."

왕국을 철저하게 장악하고 있는 렌시아가다.

아무리 명분의 우위가 있다고 해도 힘 약한 군소 귀족들이 곧바로 렌시아가를 적대한다는 건 쉽게 상상할 수 없는 일이었다.

"잊었나?"

"뭘……?"

씨익.

"국왕의 추악한 행위를 고발하는 새로운 왕세자, 그를 전폭적으로 지지해 줄 또 다른 대공가가 있다."

"아!"

비로소 자신이 얼마나 대단한 친구와 인연을 맺었는지 뼈저리게 깨닫는 아라혼.

왕국의 기수, 하이베른가가 자신을 지지한다는 건 모든 북부의 귀족들을 얻을 수 있다는 의미였다.

하이베른가가 구심점이 되어 준다면 렌시아를 두려워하던 군소 귀족들도 하나의 명분으로 강력하게 묶을 수 있는 것이다.

"……."

아라혼은 등줄기에서 소름이 돋았다.

왠지 루인이 오래전부터 이 일을 계획하고 있었다는 느낌이 강하게 들었기 때문이다.

"하지만 네 모든 계획은 하나의 재앙을 배제하고 있다."

어느덧 맹렬한 눈빛으로 돌아온 아라혼을 향해 루인의 의미심장한 미소가 날아들었다.

"알칸 제국 말인가?"

이 계획이 성공하려면 알칸 제국과의 전쟁은 무조건 막아야 했다.

제국의 창칼 아래 왕국이 멸망한다면 권력이든 뭐든 아무 소용이 없기 때문.

그러나 공주를 잃은 알칸 제국이 보일 반응은 너무 뻔한 것.

그렇지 않아도 침략의 명분만 찾고 있을 알칸 제국에게 더할 나위 없는 기회를 제공하는 셈이었다.

"전쟁이 일어난다면 더할 나위 없이 좋겠지."

"……뭐?"

알칸 제국은 베나스 대륙의 독보적인 패자.

더구나 중소 왕국들의 연합이 존재하던 과거와는 달리, 지금은 왕국 연합이 깨어진 상황이었다.

오히려 북부의 왕국들 대부분이 알칸 제국의 영향력 아래 복속된 상황.

전쟁이 일어난다면 알칸 제국은 물론, 북부의 왕국들까지 그들의 동맹으로 참전할 것이 불 보듯 뻔한 일이었다. 천 년 르마델 왕국의 역사가 사라질 수도 있는 것이다.

"대체 지금 무슨 소리를 하고 있는 거지?"

한데도 대공자 루인은 여유만만한 표정으로 제국과의 전쟁을 말하고 있었다.

르마델 왕국엔 수십 기에 달하는 제국의 마장기(魔裝機)를 막을 수단도, 그들의 수십만 기사들을 당해 낼 병력도 없었다.

게다가 지금은 겨울.

부유한 알칸 제국이야 군량을 산처럼 쌓아 놨겠지만, 중소 왕국인 르마델은 군량은커녕 다가올 춘궁기를 대비하는 상황이었다.

비옥한 남부를 차지하고 있는 렌시아가와 그들의 권속들이 왕국에 영향력을 크게 행사하고 있는 근원적인 이유였다.

"전쟁이 왕국을 덮치게 되면 당연히 제국의 첫 공략 대상은 남부 국경 지대의 수비를 담당하는 불사조의 성이다."

불사조의 성(Castle of Phoenix).

그곳은 남부의 수호 장벽, 렌시아가의 성이었다.

"설마 고작 남부 귀족들의 힘을 약화시키기 위해 전쟁을 벌이자는 뜻인가?"

아무리 렌시아가의 힘이 막강하다지만, 이건 소(小)를 위해 대(大)를 희생하는 꼴이었다.

자칫 남부를 통째로 제국에 헌납할 수 있는 위험천만한 도박.

전화(戰火)가 남부를 통째로 집어삼킨다면, 어브렐가의 중부는 더 취약한 상황에 놓일 수밖에 없었다.

용병들은 막대한 보상이 보장되지 않는 한 국가 간의 전쟁에 개입하는 것을 극도로 꺼려 한다.

국가 간에 일어나는 대부분의 전쟁은 수단과 방법을 가리지 않는 총력전의 양상을 보이기 때문.

그런 총력전에서 용병대들은 항상 정규군의 방패로 쓰였고, 당연히 생환율은 저조할 수밖에 없는 것이었다.

그렇게 중부의 어브렐가까지 장악당한다면 사실상 왕국의 절반이 날아가는 셈.

더구나 중부의 어브렐가는 수도 왕성 르마델 나이트 캐슬과 그리 멀지 않았다.

"미친 짓이다! 사실상 알칸 제국에게 왕국을 헌납하자는 뜻이지 않은가!"

"헌납?"

하지만 여전히 알 듯 모를 듯한 미소로 일관하는 하이베른가의 대공자.

그런 루인을 도저히 이해할 수 없다는 듯 아라혼이 맹렬하게 쏘아붙였다.

"고작 내 왕위를 위해 왕국을 위험에 빠뜨릴 순 없다! 논의할 가치도 없는 일이니 이 일은 더 이상 거론하지 마라!"

"마치 남부가 점령당한다는 것을 기정사실처럼 말하고 있군."

"뭐……?"

첨단 마도 공학의 결정체 마도 병기.

그 위험천만한 마장기를 무려 스무 기 이상 보유하고 있는 거대 제국을 상대하는 일이었다.

남부의 귀족들이 아무리 탄탄한 방비를 하고 있다고 해도 제국의 진격을 막는 건 독자적으론 불가능했다.

루인이 머나먼 남쪽을 응시한다.

"넌 마치 내가 그들을 방치하겠다는 뜻으로 알아들은 것 같군."

"전쟁을 통해 남부의 귀족들을 희생시키겠다는 전략이 아니었나?"

"허튼소리. 하이베른가는 왕국의 기수다. 당연히 본 가문은 모든 북부 귀족들과 함께 알칸 제국에 맞설 것이다."

"뭐……?"

아라혼은 도무지 루인의 의중을 읽을 수 없었다.

북부까지 남부의 귀족들과 함께 전쟁에 휘말린다?

그렇다는 건 하이베른가도 막대한 피해를 각오한다는 의미.

왕국의 누구에게도 아무런 이득이 없는 상황이었다.

"대신 렌시아가가 간절히 바라는 순간, 그들이 겨우겨우 버텨 낼 수준으로 끊임없이 힘을 소모할 수밖에 없는 상황을 이끌어 내야 하겠지."

무려 알칸 제국과 전쟁을 벌이면서 소모전을 유도한다?

알칸 제국은 그런 얄팍한 의도에 쉽게 놀아날 국가가 아니다.

대체 무엇을 믿고 하는 소리인지 도저히 읽을 수 없었던 아라혼.

그가 이내 황당하다는 듯이 반문했다.

"이번에도 알칸 제국의 황제를 정신 조종할 생각인가?"

그의 빈약한 상상력에 루인은 또다시 피식 웃어 버렸다.

"헤볼 찬(Hevol-chan) 황제에게 접근하는 게 쉽다는 듯이 말하는군."

순간.

ㅊㅊㅊㅊㅊㅊ-

"넌 확실한 믿음이 생기기 전에는 절대 움직이지 않는 성향이지."

측량할 수 없는 마력이 일렁이며 공간이 찢어진다.

헬라게아를 처음 본 아라혼이 두 눈을 동그랗게 뜨며 놀라고 있었다.

"그, 그게 뭐지?"

"나의 보물 보관소."

루인이 기다랗게 찢어진 공간의 틈을 벌리며 문득 아라혼을 돌아보았다.

"이걸 본다는 건 내 비밀을 공유한다는 뜻이지."

천천히 열리고 있는 시커먼 공간의 틈.

아라혼은 두려움이 치밀었다.

왠지 대공자의 비밀을 공유하는 순간 끝없는 수렁에 빠질 것 같은 불길한 예감이 들었기 때문이다.

"네가 궁금한 건 모두 이 공간 속에 들어 있다. 자신이 있으면 살펴보든가."

절로 침이 꿀꺽 넘어간다.

그렇게 아라혼은 본능적인 불길함에 온몸을 떨고 있었지만 정작 헬라게아를 향해 걸음걸음 다가가고 있었다.

헬라게아 앞에 도착한 아라혼이 시커먼 공간의 틈으로 머리를 들이밀려고 할 때.

"다시 한번 명심해라."

"무슨······?"

"이걸 보는 순간 우리의 관계는 영원히 지속된다. 만약 네가 관계를 깨거나 날 배신한다면—"

씨익.

"널 죽일 것이다. 그리고 너의 가족과 모든 권속들. 모조리 이 대마도사의 이름으로 벌할 것이다. 내 이름을 걸고 약속하지."

"대, 대마도사?"

서슬 푸른 루인의 엄포에 끝없는 두려움이 치밀었지만 아라혼은 궁금증을 멈출 수는 없었다.

그는 이렇게 자신만만한 루인의 태도, 그의 근원을 분명하게 살피고 싶었다.

스윽

헬라게아의 공간 속으로 아라혼의 머리가 들어간다.

잠시 후.

천천히 자신의 머리를 빼내는 아라혼.

"……."

그는 아예 혼이 빠진 사람처럼 넋이 나가 있었다.

한참 동안 온갖 복잡한 상념으로 흔들리던 아라혼의 눈빛이 루인에게 향했다.

"……다, 당신은 대체 어떤 존재십니까?"

상상할 수 없이 광활한.

지독히 음침하고 어두운 공간 속에.

결코 인간계에 존재할 수 없는 악(惡)의 세계(世界)가 있었다.

루인이 음침하게 웃었다.

"대마도사."

대마도사(大魔道士).

멸망을 상대하던, 인류 연합의 지휘자인 그에게 이런 국가 간의 전쟁 따위는.

그저 소규모 국지전에 불과했다.

◆ ◈ ◆

루인이 각자의 특성과 재능에 맞게 맞춤 수련법을 제시한

지도 한 달이 지났다.

그렇게 마법사로서 나아갈 방향을 확고하게 정립한 목소리의 생도들은 새로운 수련법에 모든 열과 성을 쏟고 있었다.

그들 중에서 가장 열심히 수련에 임하고 있는 이는 리리아도 다프네도 아닌 세베론이었다.

"타압!"

루이즈의 실력에 밀려 파티 구성에서 밀려난 세베론은 그 야말로 악착같이 몸을 혹사시키고 있었다.

물론 그것이 그가 이렇게 열심히 하는 이유의 전부는 아니었다.

-너희들 중 워메이지에 가장 가까이 다가설 수 있는 마법사는 바로 세베론이다.

무심하게 말하던 루인의 그 한마디.

그 말은 세베론의 모든 것을 흔들어 놓았다.

루인의 절대적인 워메이지 능력에 가장 가까이 다가설 수 있는 사람이 저 절대언령의 루이즈도, 입탑 마법사 다프네도 아닌 바로 자신이라니?

-너의 각종 재능들. 마나를 다루는 감응력, 술식의 구성력이나 언령의 창의력 등 어느 하나 특출한 건 없다. 하지만 네

능력들은 모두 평균 이상. 네 재능을 한마디로 정의한다면 조화(調和)가 되겠지.

-조화?

-그래. 어느 한 분야에 치우치지 말고 모든 재능을 통합하여 조화시켜라.

-조화라…….

-또한 가장 월등한 육체 능력을 지닌 사람도 너다. 제대로 수련만 했다면 기사도 가능했을 유일무이한 재능이다.

하이베른가의 대공자, 초인 기사를 꺾은 루인.

그의 말에 담긴 힘은 그야말로 절대적인 것.

지금까지 세베론은 수도 없이 천재로 불리며 살았으나 그날만큼 날아갈 듯이 기뻤던 날은 없었다.

"칭찬은 드래곤도 춤추게 한다더니."

벌써 한계가 찾아왔는지, 시론이 수련장에 아무렇게나 누운 채로 피식거리고 있었다.

"진짜…… 보고 있는 것만으로도 내가 같이 힘들어질 지경이네요."

고개를 절레절레 젓고 있는 다프네.

이미 한 시간 전부터 지쳐 쓰러진 다른 생도들과는 달리 세베론의 무시무시한 수련은 그칠 기미가 보이지 않았다.

물론 루인은 그런 세베론을 군이 제지하지 않았다.

한계까지 몸을 혹사시키는 것이 꼭 뛰어난 효과를 발휘하지는 않는다.

그러나 세베론은 스스로의 한계를 계속 극복하는 수련법에 제법 잘 적응하는 타입이었다.

극도의 수련에 지쳐 금방 정신이 피폐해지는 타입이라면 모르겠지만, 그런 극한의 반복을 즐길 수 있는 재능이라면 굳이 말릴 필요는 없었다.

그때, 시론의 불안한 눈빛이 루인을 향한다.

"정말 우리가 랭커 선배들을 이길 수 있을까?"

"물론."

확신에 찬 루인의 대답에도 시론은 쉽게 인정하지 못하는 눈치.

루인은 일단 논외로 한다지만, 최소 6성의 기사들과 6위계의 마법사들의 조합이었다.

기사의 등급 체계인 성(星)도 그렇지만 마법사의 위계 체계 역시 단순한 숫자 이상의 의미.

평범한 5위계의 마법사 열 명이 모인다고 해도 완숙한 6위계의 마법사 하나를 당해 내지 못하는 것이 정해진 이치였다.

그런 랭커들은 이제 막 3, 4위계를 전전긍긍하고 있는 자신들과는 차원이 다른 세계에서 살고 있는 괴물들.

이 그룹의 희망이라면 역시 루인밖에 없었다.

"예전부터 궁금했던 건데…… 넌 정말 5위계가 확실한 건가?"

시론의 물음에 무심하게 고개를 끄덕이는 루인.

"그렇지."

목소리 그룹의 생도들은 이따금씩 마나홀을 점검하는 루인을 지켜볼 수 있었다.

그때 그의 마나홀 주변을 돌고 있는 고리의 개수는 분명한 5개.

생도들의 혼란은 그때부터 시작이었다.

"상식적으로 말이 안 되잖아? 어떻게 5위계의 마법사가 초인 기사를 상대로 승리할 수 있으며, 무엇보다 네 정신 마법은 도대체 정체가 뭐지?"

그것은 루인이 보유하고 있는 워메이지의 무투술과 헤이로도스의 술식으로도 설명할 수 없는 것.

역사 속의 위대한 테아마라스나 헤이로도스가 부활한다면 모를까.

정신 마법은 인간의 한계를 벗어난 대현자급, 즉 마도사의 심상으로도 정복하기 힘든 그야말로 절대적인 마법인 것이었다.

"……."

그러나 이번에도 루인은 그저 은은한 미소만 띠고 있을 뿐 가타부타 대답하지 않고 있었다.

사실 루인의 경지에서 위계는 무의미했다.

이미 마도 심상(魔道心想), 즉 마법사의 정신 체계가 전생의 경지를 훨씬 상회하고 있었기 때문.

이번 생에서 이룩한 헤이로도스의 술식 또한 평범한 마법 체계가 아니었다.

술식의 기본 바탕 자체가 마신의 마법인 것이다.

게다가 루인의 마력은 인간계의 마나를 마계의 진마력에 버금가는 마력으로 가공한 융합 마력(融合魔力).

오히려 순수한 마력의 질과 양으로만 따진다면 현자급을 훨씬 상회하는 것이었다.

거기에 만 년 이상 갈고닦아 온 염동력 또한 위계의 경지를 무색하게 만들었다.

이런 여러 가지 요소들로 인해 루인의 마도가 백마법의 체계로는 규정할 수 없는 형태를 띠게 된 것이다.

"어쨌든 최악의 경우를 생각해야죠. 우리가 계속 짐이 될 순 없어요. 루인 님이 없는 상황에서도 최소한 우리 코스모스를 지킬 힘은 있어야 해요."

코스모스(Cosmos).

다수의 마법사들이 각자의 술식을 엮어 함께 진(陣)을 짜고 있는 형태를 의미하는 단어.

다수 대 다수의 싸움에 취약한 마법사의 특성상, 이 코스모스 상태가 깨어지면 사실상 전투 불능 상태에 빠졌다고 봐야 했다.

<제가 최선을 다해 볼게요.>

다프네의 표정이 잠시 밝아졌다.

그간의 수련으로 드러난 루이즈의 실력은 진정 놀라운 것이었다.

복잡한 스펠(Spell)을 단숨에 처리할 수 있는 그녀의 절대 언령은 루인의 염동력에 버금가는 위력을 발휘했다.

초 단위마저 쪼개는 그녀의 짧은 마력 재배열 시간은 가히 권능이라 불러도 손색이 없는 수준.

스페셜 디버퍼, 루이즈의 다양한 억제 마법들은 그룹의 생존성에 엄청난 도움이 될 것이 분명했다.

"하지만 상대는 최상위 랭커들이에요. 특히 유리우스와 타가엘 선배. 두 분 모두 6위계죠. 그들의 마력이 닿는 범위는 반드시 디스펠을 염두에 두어야만 해요."

"역시 가장 좋은 건 선배들의 마력권(魔力圈) 바깥에서 공격을 퍼붓는 건데."

다시 모두의 시선이 루인에게 쏠렸다.

이 중에서 랭커 마법 생도들의 마력권 바깥에서 공격할 수 있는 사람은 수천 개의 마력 칼날을 자유자재로 뿌릴 수 있는 루인이 유일했기 때문이다.

하지만 과연 그게 가능할까?

목소리 그룹이 생각해 낸 최고의 해법은 루인이 랭커 기사 생도 셋을 상대하고 있을 때 나머지 마법 생도 둘을 네 명이 상대하는 것이었다.

어떻게 보면 루인에게 터무니없는 희생을 강요하는 작전이지만 가장 현실적인 방법이기도 했다.

그런 루인에게 마법 생도들의 마력권 바깥에서 원거리 공격까지 부탁하는 건 사실상 5명을 동시에 상대해 달라는 의미.

당연히 다프네는 자존심이 상하고 염치도 없어서 쉽게 입이 떨어지지 않았다.

역시 루인은 냉정하게 선을 그었다.

"그건 싫다."

입술을 지그시 깨무는 다프네.

루인은 '불가능하다'가 아니라 '싫다'라고 말하고 있었다.

그는 평소 마법사에게 무엇보다 중요한 것은 실전이라고 입버릇처럼 말했었다.

실전과 유사한 경험을 할 수 있는 무투대회.

루인은 지금 그런 무투대회를 생도들의 역량으로 이겨 내기를 바라고 있는 것이었다.

역시 그는 이번 무투대회마저도 수련의 장으로 생각하고 있는 것 같았다.

그때, 갑자기 루인이 자리에서 일어나며 생도들을 훑어보았다.

"자신들이 얼마나 강해졌는지 아직 자각하지 못하고 있군."

"응?"

"우리가 강해졌다고요?"

피식.

수인을 그리며 자세를 잡는 루인.

"확인해 보든가."

금방 시론이 인상을 찡그린다.

"뭐야? 설마 모두 덤비라는 뜻이냐?"

"어차피 너희들이 선택한 건 코스모스. 지금까지 마력 합공을 수련해 왔을 텐데."

긴장으로 침을 꿀꺽 삼키는 시론.

아카데미의 이명 랭커들을 물론, 초인 기사를 쓰러뜨린 마법사의 마도(魔道)다.

어떻게 보면 루인은 가장 이상적인 연습 상대였다.

그러나 그것도 단독으로 대마법전을 벌여야 영광인 법.

마력 합공진 '코스모스'의 구성원으로 루인을 상대한다는 것에 자존심이 상한 것이다.

우우우웅—

루인의 대마력 결계가 천천히 범위를 확장해 간다.

광역 디스펠 구역.

생도들이 예상한 것처럼 랭커 마법 생도들의 마력권을 재현해 준 것이다.

"마, 마력권!"

"이렇게 넓게!"

아직은 목소리 그룹의 어떤 생도도 흉내조차 낼 수 없는 가공할 경지.

곧바로 루이즈의 얼굴빛이 창백해졌다.

디스펠은 디스펠로 상대할 수 없었다.

그 말은 스페셜 디버퍼로서의 그녀의 모든 역량이 이제 무용지물이 되었다는 의미.

그런 광역 디스펠 구역, 마력권(魔力圈)을 실제로 보는 것은 모든 생도들에게 공포스러운 경험이었다.

기사보다 상위 경지의 마법사가 훨씬 더 무서운 이유였다.

"난 여기서 이렇게 가만히 있겠다."

잠시 시선을 교환하던 생도들이 날렵하게 마력권 바깥으로 몸을 날렸다.

달리기 훈련으로 단련된 그들의 몸놀림은 일반적인 마법사를 훨씬 상회하고 있었다.

곧장 다프네의 주위로 갖가지 파동의 마력이 얽힌다.

그녀의 특기인 메모라이징 마법이 발현된 것이었다.

이젠 서너 개의 마법쯤은 순식간에 외울 수 있는 정도.

다프네의 메모라이징 마법은 예전과는 차원이 다르게 발전되어 있었다.

휘우우우우우—

시론의 전방에서 강력한 돌풍이 일어난다.

금방 거센 풍압이 발생해 사방으로 맹위를 떨쳤다.

이젠 그의 특기가 된 잔풍계 마법.

화르르르르!

어브렐가의 푸른 불꽃, '사멸의 재(災)'가 피어나 돌풍과 어우러진다.

돌풍에 의해 거세게 기운을 불린 사멸의 재는 마력권의 바깥, 저 멀리 공중으로 치솟았다.

그때.

다프네의 무수한 메모라이징 마법이 화염 기둥에 작렬했다.

공기의 밀도를 응축시키는 강압 마법, '서리 바람의 운율'.

유체의 낙하 속도를 증가시키는 중력 강화 마법, '거인족의 숨결'.

바람과 어울리면 더욱 강력해지는 전격계 마법, '얽혀 오는 벼락'.

그렇게 화염 기둥에 엘고라 학파의 다양한 마법이 융합되자.

"호오, 과연 코스모스."

말로 표현하기 힘든 위력으로 변모한 생도들의 창의적인
술식에 루인은 감탄을 거듭하고 있었다.

〈제 마력 파동을 더하겠어요!〉

그들의 코스모스에 마지막으로 루이즈가 합세했다.

루인은 더욱 놀라고 말았다.

그것은 전생의 그녀, 적요하는 마법사의 특기이자 상징인
마력 변주(Mana Arrange)가 틀림없었기 때문.

엄청난 동조 감응력을 보유한 루이즈가 불기둥에 얽힌 모
든 마력과 감응하여 더욱 위력을 강화시켜 버린 것이었다.

생도들의 온갖 술식으로 얽힌 불기둥의 마력에 순간적으
로 감응하고 위력을 더했다는 것.

실로 경이적인 권능이었다.

그만큼 루이즈의 동조 감응력은 루인조차 흉내 낼 수 없는
수준이었다.

콰콰콰콰콰콰!

강렬한 뇌전으로 얽혀 있는 재앙의 불기둥이 수직으로 낙
하한다.

협력 술식에 담긴 마력이 얼마나 대단한지 주변의 타일들
이 거칠게 들썩거릴 정도.

과연 천재들.

수직으로 떨어지는 불기둥이라면 광역 디스펠 구역인 마력권의 영향을 가장 적게 받을 것이라 판단한 것.

　그때, 루인이 기괴하게 웃으며 수인을 뻗었다.

　쏴아아아아아~

　멀리서 협력 술식을 통제하던 생도들의 표정도 함께 기괴해졌다.

　"......!"

　"......!"

　루인의 짙푸른 융합 마력이 거대한 무언가를 만들어 내고 있었다.

　전신이 투명한 푸른빛으로 번들거리는 거대한 괴물.

　그것은 마치 마법으로 만든 괴수 같았다.

　"저, 저게 뭐야!"

　"으에에에?"

　마치 고대의 괴수와 같은 존재.

　그 괴물이.

　흉악한 아가리를 벌리며 화염 기둥을 집어삼키고 있었다.

　훈련장 주변의 모든 생도들이 멍하니 푸른빛의 거대 괴수를 바라보고 있었다.

　시론 역시 자신의 눈으로 보고 있는 광경이 도저히 현실로 믿기지가 않았다.

　"......정령인가?"

홀린 듯이 중얼거리는 다프네.

"마, 말도 안 돼요! 저렇게 흉악하게 생긴 정령은 들어 보지도 못했어요!"

기본적으로 정령들은 모두 아름답다.

가장 포악한 성격을 지닌 불의 정령들조차 그 아름다운 외향에 넋이 나갈 정도라고 하니까.

한데 루인이 소환한 건 그런 정령들과는 궤를 달리하는 거대 괴물이었다.

한눈에 봐도 이 인간계에 결코 존재할 수 없는 기괴한 형태의 푸른 괴수.

그 흉악한 모습은 마치, 인간들이 막연히 상상해 온 마계의 생명체 같았다.

푸아아아악!

거대한 불기둥을 모두 삼킨 거대 괴수의 입 주변으로 희뿌연 수증기가 사방으로 뿜어져 나왔다.

괴수는 두려운 눈으로 한 차례 루인을 바라보더니 이내 마력 증기가 되어 천천히 산화되어 갔다.

푸스스스스-

환상처럼 마력의 잔향만 남기고 허물어지는 거대 괴수.

담담히 마력권까지 모두 회수한 루인이 냉랭하게 생도들을 노려보았다.

헐레벌떡 뛰어오는 생도들.

시론의 얼굴엔 아직도 황당한 기색이 가득했다.

"도대체 방금 그 괴물은 뭐야?"

"……."

루인은 설명할 수 없었다.

백마법엔 이런 체계가 없으니까.

시전자의 의식과 마력을 투영하여 현상계에 의지를 가진 생명체를 잠시 구현할 수 있는 레메옴 자타르(ΓЄℬꙮΘӾ ӃƐѰΤΓᴧ)는 마신(魔神)의 술식.

굳이 인간의 언어로 해석하자면 '의식의 인형'이라는 뜻인데, 애써 설명해 봤자 그 이치를 살피지 못할 것은 불 보듯 뻔한 일이었다.

"내 마법이다."

"아, 아니 그게 무슨 마법!"

리리아의 냉랭한 목소리가 끼어든다.

"헤이로도스의 술식이겠지."

"응? 헤이로도스 님의 마법에 이런 소환술이 있었다고?"

심각하게 얼굴을 굳히는 다프네.

"그야 아무도 모르는 일이죠. 헤이로도스의 술식을 제대로 해석한 마법사가 지금까지 없었으니까요."

당대의 마탑들은 물론 역사 속의 위대한 마법사들도 헤이로도스의 술식을 모두 이해하진 못했다.

그래서 헤이로도스의 술식을 구현해 낸 루인에게 르마델의 현자까지 관심을 보였던 것이다.

〈정령 소환술의 일종인가요?〉

정령 소환술은 요정족의 특권.

그러나 간혹, 자연과 교감하는 재능이 뛰어나 정령 소환이
가능한 마법사들이 출현하기도 했다. 물론 그런 일은 매우 희
귀한 사례였다.

"아니. 정령하고는 달라."

정령은 엄연히 현상계에 살아 있는 존재, 즉 실체가 있었
다.

하지만 '레메옴 자타르'는 자신의 의식과 마력으로 새롭게
창조해 낸 즉, 의식 구현에 가까웠다.

〈그럼…… 방금의 그 괴물이 루인 님의 '종속체'였나요?〉

루인의 두 눈이 한껏 동요하고 있었다.

"그걸 느낀 건가?"

〈아! 그렇다면 마력으로 시전자의 의식을 구현하는 방
식…….〉

정말 놀라웠다.

고작 한 번 본 것만으로 루이즈는 레메옴 자타르의 본질을
꿰뚫어 보고 있는 것이다.

〈방금 그 괴물은 루인 님을 두려워하는 것 같았어요. 소환
술이 아니라면 루인 님의 의식으로 구현한 종속체의 반응이
겠죠. 정말 놀라워요. 그게 가능한 거였다니…….〉

시전자의 의식과 마력을 실체적인 존재로 구현해 낼 수 있
는 경지.

그것은 '그런 경지가 존재할 것이다'라는 막연한 상상, 즉
이론상으로만 존재하는 경지였다.

〈저도 배우고 싶어요!〉

루인은 강한 호기심을 드러내는 루이즈를 향해 나직이 고
개를 가로저었다.

"이건 마법의 실력보단 의식의 깊이가 무엇보다 중요하다.
가르친다고 해서 쉽게 가능한 것이 아니야."

〈의식 자체를 수련해야 하는 문제인가요?〉

"수련?"

대마도사의 의식이 생도의 수련으로 가능할 리가 없었다.

루인이 활짝 웃으며 루이즈의 머리를 헝클었다.

"성급하구나. 한 사람의 마도란 그렇게 급하다고 완성될
수 있는 것이 아니야."

⟨아…….⟩

갑자기 리리아가 루인의 팔을 움켜잡는다.

"이거. 함부로 하지 말랬지 내가."

"음?"

그제야 아차 싶은 루인.

흐뭇하고 귀여운 마음에 머리를 쓰다듬었다. 그것은 손녀
를 바라보는 심정에 가까울 것이다.

그러나 리리아는 그런 자신의 행동을 각별한 의미로 여기
는 것 같았다.

루이즈도 그럴 수 있다고 생각하니 루인은 가슴이 서늘해
졌다.

루인의 눈빛이 금방 차가워졌다.

"어쨌든 너희들의 해법은 틀린 것 같군. 시도는 좋았지만
그런 식으로는 상위 마법사의 마력권을 뚫을 수가 없다."

"아니, 그건 그냥 네가 사기잖아?"

시론의 볼멘소리.

아무리 마법학부의 랭커들이 강하다고 해도 마법으로 시전자의 의식까지 구현할 수 있는 루인에 비할 수는 없을 것이다.

"마력권을 운용하는 상태만으로도 모든 염동력과 마력이 소모되지 않을까요?"

루인이 다프네를 응시하며 피식 웃었다.

"너희들 뭔가 대단한 착각을 하고 있는 것 같군."

"네?"

"루이즈의 절대언령과 너의 메모라이즈 능력, 시론의 원소 친화력, 리리아의 사멸 마력을 왜 너희들의 전유물로만 생각하는 거지?"

"아…… 그건…….."

"정말 놈들은 바보일까? 마력권을 운용하니까 다른 술식을 펼치지 못할 거라는 편견을 버려라. 놈들도 너희들 못지않은 천재 생도들이다. 충분히 다른 넘치는 재능을 지니고 있을 거다."

"……."

다프네는 입을 다물 수밖에 없었다.

루인의 말이 맞았기 때문.

그들도 충분히 메모라이징을 활용할 수 있는 것이다.

세베론이 수건으로 땀을 닦으며 다가왔다.

"아니. 그래도 이 정도는 아닐 거야."

아직도 세베론은 심장이 두근거리고 있었다.

루인이 소환한 거대 괴수.

그런 전율적인 권능이란 르마델 왕국의 현자라고 해도 불가능한 것이었다.

"바보 같은 놈들. 당장은 아득하더라도 날 상대하는 것에 익숙해져야만 한다. 나의 마도를 겪을 수 있는 이 순간이 얼마나 소중한 순간인지 감히 너희들은……."

끝내 루인은 말을 얼버무리고 말았다.

대마도사인 자신을 상대하는 것에 익숙해진다면 마법 생도 단계는 손쉽게 추월할 수 있을 터.

비단 마법사뿐만이 아니라 경지를 갈망하는 모든 이들의 목표는 가장 드높은 곳을 향하는 것이 옳았다.

이들이 진정으로 대비해야 할 것은 고작 무투대회 따위가 아니었다.

또다시 도래할 멸망의 순간.

언젠가 목소리의 생도들 역시 악제의 파멸적인 권능을 온몸으로 막아 내야만 할 것이다.

"흥. 대공자의 정체를 드러내더니 이젠 잘난 척이 너무 자연스러워졌군."

쳇 하며 고개를 돌리는 시론.

루인이 무심하게 수인을 뻗는다.

우우우웅-

순식간에 다시 드러난 광활한 마력권.

생도들이 일제히 동그랗게 눈을 떴다.

루인이 드리운 디스펠 구역이 두 배나 더 넓어졌기 때문.

다프네가 자신의 발밑으로 푸르게 일렁이고 있는 루인의
마력권을 바라보며 몸을 떨었다.

"아니 도대체 얼마나 마력권을 넓힐 수 있는 거예요?"

곰곰이 생각하던 루인이 무심하게 말했다.

"최대로 뻗는다면 지금 범위의 세 배 정도."

"네……?"

씨익.

"다시 해. 전략을 짤 시간은 충분히 주겠다."

어깨가 축 처진 채로 마력권 바깥으로 터덜터덜 걸어가는
생도들.

맹렬하게 투지를 불태우는 건 역시 리리아뿐이었다.

Chapter. 43

청룡의 정원.

르마델 왕가의 왕족 중에서도 오직 당대의 왕과 왕세자에게만 허락된 성스러운 공간.

르마델의 수호룡, 거대한 베스키아의 청동상 아래 1왕자 아라혼이 정중하게 무릎을 꿇고 있었다.

데오란츠 국왕의 수호 기사가 그런 아라혼을 무심하게 쳐다봤다.

차앙-

"마지막 경고입니다. 물러가십시오."

오랜 세월 국왕 데오란츠를 수호해 온 르마델의 유일무이한 초인 기사.

왕국의 수호자 드베이안 공.

무력으로만 따진다면 왕국의 기수인 사자왕보다도 더욱 드높은 경지를 이룩한 기사.

하지만 아라혼은 그렇게 왕국의 모든 기사들이 신처럼 경배하는 존재를 눈앞에 두고도 눈 하나 꿈쩍하지 않았다.

"아버지를 뵙기 전까진 물러가지 않겠다고 이미 말했습니다."

"무례합니다!"

이곳은 청룡의 정원.

아무리 1왕자라고 해도 이 엄숙한 공간에서 르마델의 국왕을 사사로운 호칭으로 부르는 건 용납할 수 없는 일이었다.

"아버지를 불러 주십시오. 드베이안 공."

"국왕께서는 당분간 아무도 만나지 않겠다고 이미 대신들에게 공표했습니다! 더 이상 무례하게 군다면 아무리 왕자님이라고 해도……!"

아라혼이 피식 웃었다.

"역시 그대도 이미 렌시아가의 사람이었군."

"가, 갑자기 그게 무슨 소리십니까?"

"너무 유별나게 군단 말이지. 과연 당신이 이 아라혼을 막아서는 것이 진짜 왕의 명령일까 궁금하기도 하고."

"……."

아라혼이 천천히 일어나 드베이안의 시선과 얽힌다.

"말해 보세요 드베이안 공. 지금 날 막는 게 왕명입니까? 아니면 렌시아의 당부입니까?"

"시끄럽다."

거대한 청룡 베스키아의 청동상 뒤편에서 데오란츠 국왕이 무심한 눈으로 걸어 나오고 있었다.

한 올의 감정도 섞여 있지 않은 무신경한 왕의 눈빛.

그런 아버지의 모습에 아라혼은 예전처럼 가슴이 차갑게 가라앉았다.

-나 데오란츠 소 뮬란드 르마델은 왕국의 적법한 왕으로서 온 백성들에게 엄숙히 선언한다. 1왕자 아라혼 니소 르마델에게 '청룡의 정원'의 출입 권한을 부여한다. 그에게 왕가의 신성한 이름, 뮬란드를 미들네임으로 하사할 것이다.

처음으로 경험한 '아버지'의 얼굴.

그런 자애로움이, 그런 따뜻한 미소가 진짜일 리 없다고 믿으면서도 내심으로는 눈물이 나올 것만 같았다.

그러나 역시.

그날 자신이 본 것은 아버지가 아니었다.

"그래도 눈치는 있는 녀석이라 믿었는데, 이젠 뻔뻔함까지 갖추었구나."

역시 데오란츠 국왕은 아라혼의 시선조차 마주치지 않았다.

이어 더욱 차가운 국왕의 음성이 흘러나왔다.

"희망을 버려라. 그땐 내가 아니었다. 어떤 사악한 존재가 내 정신을 침범한 것이다. 왕세자 선언은 곧 없었던 일로 공표할 것이다."

"국왕의 공표를 번복하시겠다는 말씀입니까?"

"이제 와서 미련이 생긴 것이냐? 넌 왕의 자질이 없다. 네게 돌아갈 자리가 아니란 걸 이미 잘 알고 있지 않느냐?"

"아버지께서는 늘 케튜스를 염두에 두고 계셨죠."

"……아는 놈이!"

피식.

"저를 자식으로 취급하시지 않는 것도 미리 정을 끊어 내는 것이 아닙니까. 어차피 적통의 1왕자는 그 결정에 반발할 것이고, 이는 자식이 아니라 왕의 정적이라는 거지요."

"네 이놈……!"

아라혼이 청룡 베스키아의 청동상을 고아하게 응시했다.

"우리 르마델가(家)는 왕가가 맞습니까? 우리 르마델이 언제까지 렌시아 놈들의 꼭두각시로 살아야 합니까?"

척.

"말씀이 지나치십니다."

수호자 드베이안의 날 선 반응에 아라혼은 더욱 비릿하게 웃었다.

"왕국의 수호자라는 기사가 왕실의 명예보다 렌시아가의 명예를 더욱 챙기는군요. 이게 우리의 현실입니다. 아버지."

"더는 입을 열지 말라! 드베이안! 이놈을 당장……!"

물끄러미 데오란츠 국왕을 바라보는 아라혼.

"공표를 번복하십시오. 왕의 뜻이 그렇다면 그렇게 하셔야지요. 단―"

"네놈이 무슨!"

씨익.

"저는 가짜 어머니를 밝히겠습니다. 진짜 왕비는 국왕의 치정(癡情)으로 이미 오래전에 죽임을 당했다는 것을 전 왕국에 알리겠습니다."

악마처럼 일그러지는 데오란츠 국왕의 얼굴.

하지만 그는 곧 비릿하게 미소 지었다.

"누가 네놈의 말을 믿어 줄 것 같으냐?"

라슈티아나 왕비와 각별했던 1왕자.

이럴 때를 대비해 데오란츠 국왕은 하이렌시아가의 은밀한 제안을 받아들였다.

왕가의 패륜아, 망나니.

오랜 기간 까마귀를 동원해 여론을 조작했다.

1왕자의 이미지는 대외적으로 최악이었다. 이미 완벽하게 작업해 둔 것이다.

"물론이죠. 모두 믿을 겁니다."

"뭐?"

씨익.

"하이베른가의 대공자가 저를 보증할 테니까요."

◆ ◇ ◆

평생을 강력한 진마강신(眞魔剛身)으로 살아온 쟈이로벨에게 인간의 몸이란 여러모로 불편한 점이 많았다.

더우면 땀을 흘려 체온을 낮춰야 하고 추위에는 두꺼운 외투를 걸쳐야 생존을 담보할 수 있는 나약한 육체.

각종 감각의 민감도 또한 마찬가지.

고파장이나 저감도의 음파를 구분할 수 없는 청각의 비루함이나 어두운 공간에서 극히 제한되는 시야는 동물보다도 못한 수준이었다.

대체 이런 비루한 육체로 어떻게 모든 이종족을 몰아내고 이 세계의 지배종이 될 수 있었는지가 의문스러울 정도.

며칠이나 걸었다고 벌써 탈이 나기 시작한 비스토의 한심한 육체에 쟈이로벨은 신경질적으로 멈춰 섰다.

"정말 병신 같은 육체군."

-마, 마신님! 어떤 인간도 사흘 이상 잠 한숨 안 자고 걷기만 할 수는 없습니다!

"그래서 네 정신처럼 한심하다는 것이다."

쟈이로벨은 루인의 육체에 깃들어 있던 때처럼 영혼에 머무르며 관조하는 방식을 버렸다.

그랬다간 비스토의 정신이 마신의 광대한 격(格)을 버티지 못하고 붕괴되어 버릴 것이기 때문이다.

그러나 직접 비스토의 몸을 통제하는 것도 만만치 않았다.

인간의 비루한 육체가 도무지 적응이 되지 않는 것.

더욱이.

"넌 정말 처참함 그대로의 인간이구나."

심장을 휘돌고 있는 미약한 마력.

무슨 마력이, 술식 하나 구동하기도 벅찬 수준이었다.

그야말로 모기 눈물 같은 마력에 쟈이로벨은 웃음조차 흘러나오지 않았다.

'그래. 이 정도가 인간의 평균이겠지.'

한심하기 짝이 없는, 이게 정상, 이게 인간이었다. 오직 루인이 돌연변이이자 괴물인 것이다.

그렇게 쟈이로벨은 마신의 술법을 자유자재로 구사하는 루인이 새삼 미친놈처럼 느껴졌다.

"어쨌든 결국 도착했군."

멀리 보이기 시작한 뾰족한 성.

광활한 평원 위로 첨탑처럼 우뚝 솟아오른 특이한 형태의 저 성은 틀림없는 불사조의 성일 것이다.

휘우우우우…….

평원의 바람이 잔잔하게 몰아친다.

뾰족이 솟아오른 첨탑을 감싸고 있는 거대한 양 날개.

하이렌시아가 자랑하는 특이한 형태의 망루, 불새의 눈 (Eyes of the Phoenix)이었다.

저 드높은 망루에 서면 무려 알칸 제국의 영토까지 바라볼 수 있다고 전해진다.

"음……."

악제의 영혼 포집술에 의해 희생당한 에오세타카의 권속들을 추적하기에 앞서 더 시급하게 살펴야 할 것은 검성 월켄의 안전.

하지만 막상 하이렌시아가에 잠입할 방법이 마땅치 않았다.

여차하면 강림체로 현신해서 마신의 신위를 드러낼 수도 있겠지만 그건 최후의 방법.

일단은 비스토의 신분을 활용하는 수밖에 없는 것이다.

"인간. 좋은 방법을 생각해 봐라."

-하, 하이렌시아가입니다! 마법 생도 따위는 사람 취급도 하지 않을 겁니다!

하이렌시아가는 르마델 왕국의 모든 귀족들을 대표하는

초거대 가문.

마탑의 일원이라면 모를까, 아카데미의 생도 따위를 그들이 손님으로 예우할 리가 없었다.

그런데 그때.

콰아아아앙—

평원에 거대한 폭발음이 일었다.

하이렌시아가가 자랑하는 왼 날개의 거대한 망루 하나가 처참하게 무너지고 있는 것이다.

그 광경을 더욱 자세하게 바라보는 샤이로벨.

거대한 망루, 불새의 눈을 박살 내 버린 것은 틀림없는 기사의 투기(鬪氣)였다.

샤이로벨도 이미 한 번 경험한 적이 있는 월켄의 투기, 혼돈의 오러.

"거기서 더 발전한 건가."

하이베른가에서 수련할 때보다 투기의 파괴력이 더욱 짙어진 듯 보였다.

그야말로 무시무시한 성장 속도.

하지만 뭔가 일이 생겼음이 확실했다.

"네 육체가 조금 망가질 것이다."

-네? 어, 얼마나⋯⋯?

"글쎄. 네놈의 육체가 너무 연약해서 예측하기가 힘들군. 혈주신의 열기에 전신에 화상을 입거나 어쩌면 불구가 될지도."

-부, 불구라뇨? 아, 안 됩니다! 마신님!

"어차피 네놈에게 선택의 여지는 없다."
우드드득!
순식간에 마신의 분노가 비스토의 육체를 집어삼킨다.
강제로 혈주신(血珠身)을 구동한 것이다.
주르르륵
시뻘건 핏물이 온몸의 모공에서 뿜어져 나왔다.
상상하기 힘든 고통에 비스토가 처참하게 비명을 내질렀다.

-끄아아아아아!

고작 이런 게 무슨 고통이라고 저렇게까지 비명을 내지르다니.
그런 비스토의 연약한 정신력에 불쾌했는지 쟈이로벨이 비릿하게 웃으며 감각의 공유를 끊어 냈다.
이제 비스토는 아무것도 듣지도 보지도 못한 채 어두운 정신의 공간에서 내내 부유할 것이다.

"으음……."

아무래도 강제로 혈주신으로 만들다 보니 육체에 많은 무리가 간 듯 느껴졌다.

그렇지 않아도 비루했던 감각이 더욱 무뎌진 느낌.

하지만 역시 혈주(血珠)로 강화된 활력만큼은 이전보다 수십 배 강화되었다.

탓!

모든 장애물을 무시하고 직선으로 달리기 시작한 쟈이로벨.

나뭇가지, 돌부리와 같은 장애물에 온몸에 피가 튀었지만 쟈이로벨은 아랑곳하지 않았다.

놀라운 속도로 불사조의 성에 근접한 쟈이로벨이 무너져 내린 망루의 아래를 바라본다.

역시, 망루의 주변으로 모여든 하이렌시아가의 기사들이 월켄을 물샐틈없이 감싸고 있었다.

그리고 그런 기사들의 뒤편.

평범한 하녀복을 걸친 어린 소녀의 두 눈과 마주하는 순간.

쟈이로벨의 눈빛에 기이한 빛이 감돌았다.

'평범한 인간이 아니다.'

영혼의 근원을 살필 수 있는 마신의 권능.

분명 그녀에게서 느껴지는 영혼의 본질이 어딘가 모르게 이질적이었다.

인간이라고 하기엔 끝없이 모호한 느낌.

쟈이로벨은 그녀가 루인이 말하던 성녀 아르디아나라는 것을 본능적으로 직감했다.

'저런 존재가 순백(純白)의 성녀라고?'

성스럽고 고결한 느낌과는 질적으로 달랐다.

끝없이 모호하고 신비한 느낌은 들었지만, 저런 의뭉스러운 존재가 영혼마저 치유할 수 있는 성결함을 지녔다고는 여겨지지 않는 것이다.

'악제?'

하지만 악제도 아니었다.

이미 검성의 몸에 사념으로 침투한 악제를 느낀 바 있는 쟈이로벨.

마치 빨려 들어갈 것만 같은 영혼의 공허.

그런 광대무변한 존재감과는 분명 거리가 멀었다.

마치 인간이면서도 인간이 아닌.

"으하하하하하!"

순간 광소를 터뜨리는 쟈이로벨.

드디어 그녀의 실체를 추측해 낸 것이다.

'존재!'

인간들에겐 신(神)이라 불리는 절대적인 이름.

제법 철두철미하게 인간을 흉내 내고 있었지만 틀림없었다.

저 여자는 마계의 대척점에 서 있는 위대한 존재(存在)였다.

"크흐흐흐. 어쩐지."

신들은 절대로 인간의 일에 개입해선 안 된다.

그것은 섭리를 거스르는 일.

그 사실이 쟈이로벨은 재미있었다.

그 고귀한 '존재'들이 섭리를 무시하고 인간들의 일에 휘말리다니.

'그만큼 악제란 놈이 대단하다는 뜻인가.'

그렇다면 루인의 과거가 단순히 인간들의 일이 아니었다는 것.

악제의 군단과 인류 연합의 전쟁 자체가 신들이 개입된 결과란 뜻이었다.

퍼즐이 맞추어진다.

루인은 분명 '존재'들이 철저하게 인간의 멸망을 방관했다고 했다.

하지만 벌써부터 인간들의 틈에서 뭔가 일을 도모하고 있다면 그것은 방관이 아닐 것이다.

어쨌거나 이 일은 무한을 살아가는 마신의 권태를 잊을 만큼 흥미로운 일이었다.

일단 쟈이로벨은 검성을 살폈다.

월켄의 상태는 한눈에 봐도 심각한 상태였다.

먼저 가슴을 깊게 파고든 검상.

'호오, 저 상태로도 서 있을 수 있다니.'

피를 저만큼이나 흘리고도 정신을 잃지 않았다는 사실이 샤이로벨은 신기할 따름이었다.

하지만 처절한 투기, 제멋대로 날뛰고 있는 혼돈의 오러는 더 심각해 보였다.

무리하게 한계를 넘나들어 폭주 직전의 상태에 놓인 것이다.

그가 얼마나 처절하게 사투를 벌여 왔는지를 단숨에 느낄 수 있었다.

저벅저벅.

그제야 인기척을 느낀 몇 명의 기사들이 샤이로벨을 향해 검을 치켜들었다.

"넌 누구냐!"

"거기 서라!"

허물어진 망루의 잔해를 태연하게 넘으며 걸어오는 소년.

"여어, 검성 잘 지냈나?"

기사들을 향해 검을 겨누고 있던 월켄이 힐끔 샤이로벨을 쳐다본다.

웬 어린 소년이 자신을 친근하게 부르니 그도 당황한 것이다.

게다가 검성?

자신을 그렇게 부를 수 있는 사람은 이 세상에 단 한 명밖에 존재하지 않았다.

하이베른가의 대공자 루인.

그의 비밀, 회귀(回歸)의 사실을 모른다면 결코 언급할 수 없는 칭호였다.

눈앞의 소년이 루인과 밀접한 관련이 있는 인물이라는 뜻.

"음. 역시 괜찮지 못해 보이는군. 저 존재…… 아니 성녀의 확보가 여의치 않았던 건가?"

이번엔 아르디아나의 두 눈이 폭풍을 만난 것처럼 흔들거린다.

한껏 동요한 아르디아나의 눈빛이 샤이로벨에게 향했다.

"……"

분명 정확히 자신을 지칭하며 존재(存在)라고 언급했다.

정체를 철저하게 감추고 있음에도 자신의 진면목을 알아보고 있는 것이다.

"난 인간들의 갈등에는 관심이 없다."

샤이로벨의 손가락이 향해 있는 곳.

"검성을 이쪽으로 보내라."

기사들을 지휘하고 있던 하이렌시아가의 위대한 기사, 실바릴이 물었다.

"도대체 검성이 누구지? 어처구니가 없는 놈이군."

어린놈의 말투가 너무 묘하다.

마치 만물을 깔아 보는 느낌.

알칸 제국의 황제도 저놈보다는 덜 오만할 것이다.

"그 복장은 아카데미의 생도복인 것 같은데. 먼저 이름과 신분을 밝혀라. 생도."

쟈이로벨이 기이하게 웃었다.

"이름과 신분? 밝히면 저 월켄을 내어 줄 건가?"

"이제 보니 미친놈이군."

더 말 섞을 필요도 없다는 듯, 실바릴이 기사들을 향해 명령했다.

"저 소년을 제압하라. 반항한다면 사살해도 좋다."

"사살?"

흐음~ 하며 심드렁하게 기사들을 훑어보는 쟈이로벨.

"굳이 그렇게 나온단 말이지."

씨익.

오히려 반갑다.

인간의 미약한 육체였지만 어쨌든 전투.

그래도 루인의 당부도 있는데, 양심상 한 번은 더 물어봐야 했다.

"마지막으로 묻지. 정말로 나와 싸울 셈이냐?"

더 들을 필요도 없다는 듯, 실바릴이 고개를 외면했을 때.

"좋아."

쿠쿠쿠쿠쿠쿠쿠

흉포한 마신의 잔상이.

비스토의 육체를 통해 환상처럼 일렁였다.

진마강체로 펼치는 혈주신(血珠身)은 아니었다.

비록 인간의 몸이긴 하지만 그래도 그 육신을 구동하는 주체는 마신 쟈이로벨.

쿠쿠쿠쿠쿠쿠쿠—

하이렌시아가의 거대한 성채, 피닉스 타워가 주춧돌까지 흔들리고 있다.

혈우 지대의 정복자, 마신의 쟈이로벨의 광활한 마(魔)의 권능.

투기를 몸에 새기고 있는 기사들조차 난생처음으로 경험하는 상상 밖의 힘.

그 엄청난 힘에 하이렌시아가의 실바릴이 온몸을 떨고 있었다.

기사로서의 명성으로만 따진다면 가주 레페이온보다도 더욱 드높은 기사.

언제나 동요 없이 무심하고 냉정한 태도를 유지하던 위대한 기사가 단숨에 두려움에 물든 것이다.

스으으으……

쟈이로벨을 중심으로 뻗어 나간 자줏빛 마기.

마치 자신의 촉수를 다루듯, 자유자재로 마기를 다루던 쟈이로벨이 씨익 웃으며 모든 기사들을 훑어보았다.

"이런 이런."

혀를 날름거리며 자신들을 훑어보는 쟈이로벨의 시선에, 기사들이 일제히 정신을 차리며 검을 고쳐 잡았다.

"표정들이 확연하게 달라졌군. 역시 인간들은 말이지. 힘을 보여 줘야 얌전해지지."

뱀의 혀처럼 너울거리던 쟈이로벨의 마기가 모든 기사들을 압박하기 시작한다.

쟈이로벨이 실바릴을 응시했다.

"어때, 초인 기사? 네놈 같은 경지의 인간이 열 명쯤은 덤벼야 가능하지 않겠나?"

실바릴은 온몸이 땀으로 젖고 있었다.

투기와 의념(意念)을 봉인하고 철저하게 실력을 감춰 온 세월이 이십여 년.

상대는 가주 레페이온은 물론 하이렌시아가의 어떤 고위 기사도 알아보지 못했던 자신의 진정한 실력을 단숨에 꿰뚫고 있었다.

하지만 하이렌시아가가 자랑하는 위대한 기사, '궁구하는 자' 실바릴답게 그는 마침내 냉정을 되찾았다.

"당신은 어떤 존재이십니까."

실바릴의 질문에는 인간이 아닐 것이라는 함의가 담겨 있었다.

불길하고 광활한 자줏빛 권능.

이 측량할 수 없는 힘이, 인간으로서 지닐 수 있는 역량이 아니라고 판단했기 때문이다.

"그런 질문은 날 협박하기 전에 했어야지."

"……."

씨익.

"감히 신(神)을 향해 참람되게 죽음을 입에 담았다면—"

촤아아아아!

그물처럼 뻗어 나간 마신의 마기.

"커헉!"

"크아아아악!"

마기에 의해 둥실 떠오른 몇몇 기사들.

마치 보이지 않는 힘에 압착되듯, 순식간에 강철 갑주와 함께 오그라지며 점(點)처럼 변해 버린다.

사람의 형체가 점으로 변하며 후드득 흘러내리는 핏물.

갑작스레 펼쳐진 지옥도, 그 기괴하고 소름 돋는 광경에 기사들은 비명조차 지르지 못한 채 굳어 버렸다.

"대가는 이런 것이다."

죽은 자들은 실바릴의 명령에 가장 먼저 반응하며 검을 치켜들었던 선두의 기사들.

감히 마신을 살해하겠다는 의지를 품었으니 그 대가를 치르도록 한 것이었다.

마침내 쟈이로벨은 그런 명령을 내린 주체, 실바릴을 향해 산보를 하듯 걸어갔다.

물론 실바릴은 가만히 서서 당하진 않았다.

그가 이십 년 이상 품어 온 봉인을 해제한다.

본래와는 비교도 되지 않는 광활한 투기가 그의 주위로 뻗어 나간다.

콰아아아앙!

쟈이로벨의 두 눈이 이채를 머금었다.

실바릴의 투기에 의해 성곽 외부가 순식간에 땅거죽을 드러낸 것이다.

그건 마치 지각 해일.

"호오. 놀랍군."

검술을 수련한 인간 기사라면 질릴 정도로 많이 지켜봐 온 쟈이로벨.

이 정도 수준이라면 탈초인을 눈앞에 둔 자였다.

알칸 제국도 아닌 르마델 왕국에 초월자에 근접한 자가 숨어 있었다는 건 놀라운 일이었다.

깨달음을 얻고 몇 발자국만 더 나아간다면 르마델의 건국 왕이나 초대 사자왕 사흘 같은 괴물이 될 수 있는 존재인 것이다.

이런 존재가 제 실력을 감추고 하이렌시아가의 권속으로 살고 있었다.

분명 뭔가 꿍꿍이가 있을 것이다.

"음흉한 놈이로군."

샤이로벨의 음침한 눈빛이 자신을 향하자.

실바릴은 마치 자신의 본질이 꿰뚫린 것만 같았다.

상대의 분위기에 더 휘말렸다간 기사의 검의(劍意)가 흐트러질 수 있는 위험천만한 상황.

더 이상 가타부타 말을 섞고 싶지 않았던 실바릴이 억세게 검을 움켜잡는다.

유형화된 투기가 거대한 투석기처럼 샤이로벨을 향해 쏘아진다.

스피릿 오러의 상위 단계, 스피릿 오러 블레이드(Spirit Aura Blade)야말로 명백한 초인의 상징.

콰아아아앙!

집채만 한 크기의 스피릿 오러 블레이드가 무참히 작렬하며 샤이로벨의 주변으로 자욱한 먼지가 일어난다.

푸스스스스—

먼지가 가라앉는다.

그 광경을 멀리서 지켜보던 검성이 두 눈을 휘둥그레 뜨고 있었다.

아직 자신이 이루지 못한 경지인 '스피릿 오러 블레이드'도 놀라웠지만, 상처 하나 없이 웃고 있는 샤이로벨이 더 놀라웠기 때문이었다.

이 세상에 초인의 스피릿 오러 블레이드를 물리적으로 막을 수단은 존재하지 않는다.

물질계에 존재하는 모든 단단한 금속들을 무처럼 벨 수 있는 위대한 경지.

현자의 경지인 9위계의 배리어 마법으로도 막을 수 없는, 그야말로 절대적인 초인의 검이었다.

드래곤의 비늘마저 뚫을 수 있다는 그런 위대한 초인의 검을 도대체 무슨 수법으로 막아 냈단 말인가?

상위 초인의 경지인 스피릿 오러 블레이드를 구사하는 기사는 존재하는 그 자체만으로 세계의 재앙이었다.

절대병기 마장기(魔裝機)를 단독으로 상대할 수 있는 유일무이한 존재가 되기 때문.

스피릿 오러 블레이드를 정복한 기사가 국가의 전략 자산으로 취급받는 이유이기도 했다.

하지만 그 놀람이 당사자보다 더할까?

"대체 무슨 수법을……?"

극도로 당황해하는 실바릴.

분명 검 끝에 걸리는 감각, 어떤 저항감도 없었다.

마법사의 술식흔(術式痕)도, 투기 고유의 파장도 느껴지지 않았다.

그럼에도 그저 눈 녹듯이 스피릿 오러 블레이드의 거대한 파괴력이 순간적으로 사라져 버린 것이었다.

"흐음. 역시 인간들인가. 시공간에 대한 이해가 부족하군."

지루하다는 듯 하품을 하고 있는 쟈이로벨.

마신의 권능을 인간들이 해석할 수 없는 건 당연한 일이었다.

공격이 아무리 강력해도 시공을 이해하는 초월자의 영역에 발을 들이지 못하는 이상 자신의 털끝 하나 건드릴 수 없었다.

스피릿 오러 블레이드의 물리력을 주변 공간의 틈을 벌려 모조리 그곳으로 밀어 넣어 버린 것이다.

"지겹군. 이만 끝내지."

이 자리의 어떤 인간도 자신의 흥미를 이끌어 내지 못했다.

오랜만에 마신의 권능을 드러냈지만 실로 실망스럽기 짝이 없는 전투.

한데 그때.

"그는 죽어선 안 될 존재다."

하녀 아르디아나, 아니 미래에 성녀가 될 '존재'가 나서서 실바릴의 전면을 막아서고 있었다.

"호오, 나야 반갑지."

다시 흥미가 인 듯, 쟈이로벨이 비릿하게 웃으며 입맛을 다셨다.

그녀가 자신을 막아섰다는 건 본래의 신격을 드러내겠다는 의지의 항변이었으니까.

-혈우(血雨)의 군주. 더 이상 인간의 일에 개입하는 것을 허용하지 않겠느니.

그것은 인간의 언어 체계에 속하는 절대언령도 음성전송술도 아니었다.

신의 의지 자체가 그대로 영혼에 전달되는 '존재들'의 신언(神言).

그녀가 신성(神性)이라는 사실을 증명하는 명백한 증거였다.

더욱이 그녀는 자신이 혈우 지대의 정복 군주, 마신 쟈이로벨이라는 것을 정확히 꿰뚫어 보고 있었다.

보자마자 마신의 존재감을 읽어 낼 수 있다는 건, '존재들' 사이에서도 지위가 상당히 높다는 뜻.

또한 마신 쟈이로벨이 아는 '존재'일 확률이 높았다.

"누구지? 이알스토? 헤타르아? 고르만? 엘세스?"

직접적으로 대면한 적이 있는 '존재'들을 모두 읊어 대기 시작하는 쟈이로벨.

그 순간 기사들이 일제히 하녀 아르디아나를 바라본다.

실바릴의 검을 간단하게 막아 낸 주인공이 한낱 하녀의 신분을 신으로 유추하고 있었기 때문.

대장장이 신 이알스토.

전쟁의 신 헤타르아.

천둥의 신 고르만.

미의 여신 엘세스.

그들 모두가 영적인 존재였으며 유사 이래 인간들이 추앙해 온 초월적인 신격들이었다.

아르디아나가 계속 침묵하자 쟈이로벨이 인상을 찡그린다.

"날 막아설 작정이라면 신격을 드러내겠다는 뜻이 아니었나? 어차피 여기에 있는 인간들의 기억은 지울 수 있을 텐데?"

아르디아나가 나직이 한숨을 쉬었다.

뭔가 포기한 듯한 그녀의 표정.

"듣던 대로 무례하기 짝이 없는 아이군."

"아이?"

자신을 '아이'로 지칭했다는 충격보다 서두의 '듣던 대로'라는 표현이 쟈이로벨은 더욱 소름이 돋았다.

그 말은 자신을 한 번도 경험하지 않고서도 마신의 권능을 읽어 냈다는 뜻.

쟈이로벨이 아는 한 그런 능력을 가진 존재는 단 하나밖에 없었다.

본질을 읽어 내는 존재.

태초신의 근원에 닿아 있는 자.

하지만 그 신비의 존재는 지금까지 한 번도 이 세계에 현신 (現身)한 적이 없었다.

마계에 '태초의 어둠' 발카시어리어스가 있다면.

"설마 알테이아?"

드래곤을 수도 없이 거느린, 태초신과 함께 세계의 창조에 관여한 신들의 신.

주신(主神), 알테이아.

쟈이로벨이 상상도 할 수 없는 신성을 언급하는 순간 기사들의 낯빛은 금세 창백해졌다.

"주신 알테이아……!"

"아, 아르디아나가?"

알테이아.

주신의 현신.

대륙 몇몇 교국들이 이 사실을 알게 된다면 이 불사조의 성은 당장 성지가 될 것이다.

수백만 교국 신민들이 울부짖으며 찬양하는 신의 대지가 되는 것이다.

갑작스레 닥친 극도의 비현실.

아르디아나가 주신 알테이아라는 사실은 실바릴의 검을 아무런 저항 없이 막아 낸 눈앞의 초월자보다 더한 충격이었다.

사실이라면 지금 이 순간은 앞으로 영원히 기록될 역사의 현장.

"그 아이에게 돌아가라."

쟈이로벨이 더욱 호기심 어린 표정을 했다.

대상을 지칭하진 않았으나 알테이아는 명백히 루인을 인

지하고 있는 듯했기 때문.

*-이곳은 걱정하지 말라. 결국 막을 순 없겠으나 악의 발
아(發芽)는 최대한 늦출 것이니.*

쟈이로벨이 잔뜩 호기심을 드러냈다.

"놈의 과거를 알고 있는 건가?"

아르디아나의 얼굴에서 말할 수 없는 슬픈 빛이 떠올랐다.

그런 그녀의 표정만으로도 쟈이로벨은 즉각적으로 모든
것을 인지할 수 있었다.

그녀가 루인의 모든 생애를 알고 있다는 것을.

주신 알테이아.

창조신의 권능을 이어받은 이 세계 최고의 신격.

그런 존재라면 어쩌면 루인을 과거로 보낸 일에 그녀가 개
입되어 있을 수도 있는 일이었다.

*-때가 되면 다시 만날 것이다. 그랬던 것처럼…… 그 순
간, 그 자리에서 나를 다시 만나겠지.*

그때.

털썩. 털썩.

주변의 기사들이 볏짚 쓰러지듯 우르르 쓰러졌다.

그녀의 손짓 한 번에 이 광경을 지켜본 모든 인간들의 기억이 사라진 것이다.

쟈이로벨이 무심하게 쓰러져 있는 실바릴을 바라봤다.

"저놈은 아무리 봐도 인간이 아닌데. 짐작대로 당신들의 '아이들'인가?"

쟈이로벨은 실바릴을 통해 하이렌시아가를 움직이는 비밀스러운 힘의 일부를 엿보았다.

저 초월자에 근접한 존재는 인간이 아니었다.

신들의 후손, 타이탄족.

쟈이로벨은 그들의 정체를 그들의 어머니에게 직접 묻고 있는 것이었다.

⋯⋯불행하고 가여운 아이들이다.

묵묵히 고개를 끄덕이는 쟈이로벨.

검성 월켄을 둘러업고 서서히 멀어지던 그가 문득 아르디아나를 향해 돌아봤다.

"이번에는 악제 따위에게 먹히진 않겠지?"

"⋯⋯."

주신 알테이아, 성녀 아르디아나는 그저 처연하게 웃고 있었다.

◆ ◈ ◆

에어라인의 중앙 블록에 위치한 원형 경기장 베스키아 리움(Besskea Leeum).

그 거대한 경기장에, 왕실의 청룡 문양이 아닌 아카데미의 백합 문양이 설치되어 있었다.

와아아아아아—!

블록 전체가 흔들거릴 정도의 열기.

무투대회를 관람하기 위해 방문한 왕실의 고위 왕족들, 재학 중인 생도들과 그들의 친인척들, 아카데미를 꿈꾸는 예비 꿈나무들, 새로운 후원자를 물색하는 귀족들과 상인들 등.

그야말로 각양각색의 사람들이 모여 인산인해를 이루고 있었다.

"사람들이……."

하얗게 질려 버린 세베론.

예비 멤버로 등록한 자신도 이렇게 긴장이 되는데 직접 출전하는 친구들은 얼마나 떨릴까?

저토록 많은 사람들이 자신들만 바라보고 있는 상황을 처음 경험하는 것은 다른 친구들도 마찬가지였다.

출전자 캠프의 구석에서 안절부절못하고 있던 다프네가 루인을 바라봤다.

"루인 님은 정말 아무렇지도 않은 건가요?"

피식 웃는 루인.

"너무 떨지만 않는다면 적당한 긴장감도 경기에 도움이 되지. 시선을 의식하게 되는 것이 꼭 나쁜 건 아니다."

이렇게 많은 왕족과 귀족들이 모여 자신들만 바라보고 있는데…….

정말 저놈은 사람이 맞단 말인가?

시론은 이 와중에도 충고와 조언을 늘어놓는 루인에게 한마디로 질려 버렸다.

"다프네가 그걸 물었냐고! 넌 안 떨리는지 묻고 있잖아!"

"심리적으로 불안해서 경기가 힘들 정도라면 관중석을 비워 달라고 정중하게 무투대회 집행위에 요청하든가."

"그건 안 된다."

아내의 손을 잡고 아이를 목에 태운 아버지들을 바라보며 리리아가 웃고 있었다.

에어라인의 한 블록에 3천 명 이상 모이는 건 왕법으로 금지되어 있는 일.

과부하로 마정석이 버티지 못하고 부유 마법이 깨져 버리면 블록 전체가 추락의 위험에 직면하기 때문이었다.

그러므로 베스키아 리움에 입장한 이들은 철저한 추첨으로 선정된 행운아들.

"저 사람들이 어떻게 잡은 행운인데."

왕립 아카데미의 무투대회를 관람했다는 사실은 저들의

평생 자랑거리.

"그, 그게 더 무섭지. 여기서 실수하면 저들의 평생 안줏거리가 되는 거잖아."

〈너무 무리하지 않으면 돼요.〉

루이즈를 날카롭게 쏘아보는 시론.

시간이 흐를수록 루이즈도 점점 루인과 닮아 간다.

자신들이 상대해야 할 출전자들은 모두 고등위 생도들.

랭커를 상대하는 게 말이야 쉽지 무리하지 않고 어떻게 이길 수가 있단 말인가?

"국왕께서 입장하고 계세요!"

다프네의 외침에 모두가 귀빈석을 바라본다.

데오란츠 국왕과 대역 왕비, 그들을 따라 여섯 명의 왕자들, 그리고 세 명의 공주들이 차례로 귀빈석의 최상층에 입장하고 있었다.

어린 왕자와 공주들을 바라보는 루인의 눈빛이 금방 측은해졌다.

죽은 라슈티아나 왕비는 르마델 왕가의 역사에서 보기 드문 다산(多産)의 왕비.

국왕과 왕실에게 그토록 커다란 선물을 안겨 준 왕비를 데오란츠 국왕은 고작 성적 유희에 장단을 맞춰 주지 않는다고 무참하게 살해해 버린 것이다.

국왕이라 부를 가치도 없는 인간이었다.

국왕 가족을 훑어보던 루인의 시선이 아라혼에서 멈춰 섰다.

'그에게 없었던 자신감이다.'

그는 자신의 아버지, 국왕 데오란츠 앞에서도 위풍당당했다.

아버지의 정을 갈구하던 어린 왕자가 마침내 왕의 길, 노련한 정치인의 삶을 걷기 시작한 것이다.

분명 데오란츠를 상대로 정치적 우위를 점한 것이 틀림없었다. 자신이 알려 준 방식대로.

그 순간 그와 시선이 마주 닿았다.

꽤 먼 거리였지만 아라혼이 자신을 바라보며 웃고 있다는 것을 알 수 있었다.

이 거리에서 정확히 자신을 인지할 수 있다는 것은 기사로서의 그의 실력도 만만치 않게 늘었다는 뜻일 터.

왠지 루인은 흐뭇해지는 심정이었다.

'이게 자식을 바라보는 심정인가.'

아버지가 된 적은 없지만 아마 이건 그런 감정과 비슷할 것 같았다.

"지금 시대의 왕실이 역사상 최고의 대가족이라더니 과연 엄청나군."

무심한 리리아의 목소리.

국왕 일가로만 귀빈석의 상층을 다 채워 버리는 위용 앞에 그녀는 신기함을 느끼는 것 같았다.

한데 그때.

스스스스-

루인이 매섭게 눈을 빛내며 수인을 뻗는다.

출전자 캠프로 접근하는 은밀한 인기척을 느낀 것이다.

"그만두게. 날세."

출전자 캠프로 은밀하게 들어온 자는 은막의 수호자 집단 소드 힐의 노인이었다.

하지만 그는 혼자가 아니었다.

그와 비슷한 나이의 노인이었으나 전혀 다른 분위기를 지닌 존재.

루인은 그 노인이 기사(Knight)가 아니라는 것을 단숨에 알아봤다.

"마탑의 은퇴자로군."

옴니션스 세이지(Omniscience Sage).

르마델 왕국의 또 다른 은퇴자들이자 수호자 집단.

숨은 마탑의 저력이 드디어 자신 앞에 존재감을 드러낸 것이다.

루인이 친구들을 돌아봤다.

"잠시 나가들 있어라. 그리 오래 걸리진 않을 거야."

"응? 갑자기 어디로?"

"그냥 나가요."

다프네가 시론의 옆구리를 쿡쿡 찌르다 그를 끌고 나갔다.

옴니선스 세이지의 마법사가 등장한 순간 그녀는 숨이 멎을 뻔했다.

마탑의 가장 드높은 층계에서 모든 입탑 마법사들을 굽어보던 초상화의 주인공이 눈앞에 서 있었기 때문이다.

초상화를 향해 무릎을 꿇은 채로 내내 영접하길 고대하던 스승님의 오랜 숭배 대상.

스승 에기오스가 대현자(大賢者)로 칭송하던 역사 속의 절대적인 마법사.

그는 틀림없는 마탑의 전대 현자 '베리앙'이었다.

다프네는 그가 역사가 아니라 실존하는 인물이라는 것을 도저히 믿을 수 없었다.

루인의 친구들이 모두 캠프에서 나가자 루인이 차갑게 입을 열었다.

"함부로 다른 인물을 데려오는 건 우리 협상에 없던 일인데."

"사과하지. 그만큼 이 친구가 막무가내였네."

전대 마탑주, 베리앙이 싱긋 웃었다.

"가까이서 자세히 보니 정말 대단한 놈이군. 발걸음이 무의미하진 않았어."

상대는 마치 자신의 숨은 역량을 모두 읽은 듯한 태도를 보이고 있었다.

이내 루인의 미간이 가늘게 좁혀졌다.

'이런 마법사가 초기에 죽었다고?'

눈앞에 서 있는 마법사의 역량은 그만큼 놀라웠다.

전생의 동료였던 적요하는 마법사 루이즈, 광휘의 마법사 헤스론, 최후의 현자 유클레아는 백마법의 역사에서 유래를 찾기 힘들 정도로 높은 경지를 이룩한 마법사들.

한데 지금 자신의 눈앞에 나타난 베리앙 역시 그런 엄청난 마법사들에 비해서도 절대 경지가 낮게 느껴지지 않았다.

악제의 군단장들 중에서도 중위권 정도는 충분히 상대할 수 있는 역량을 지닌 자였다.

"놀라움은 내 쪽이 더 큰 것 같은데."

베리앙이 휘둥그레 눈을 떴다.

"내 경지를 가늠했다는 뜻이냐?"

"태연하게 드러내고 있는데 몰라본다면 오히려 그게 더 이상한 일이지."

인상을 찡그리는 베리앙.

"말투는 왜 그렇게 건방진 것이냐?"

피식.

마도(魔道)의 세계에서 위계란 곧 실력, 즉 지닌 경지였다.

꼴에 마도사의 영역에 발을 들였답시고 목에 힘 좀 주려나

본데 이쪽은 그 마도사의 서술 앞에 '대(大)' 자가 하나 더 붙는 몸이라서.

루인이 망설임 없이 융합 마력을 천천히 흩뿌렸다.

"보이는 게 다가 아니지. 실체와 현상은 직접 가늠하기 전에 결코 알 수 없는 것이 마도의 이치."

ㅊㅊㅊㅊ-

가공스러운 위력의 융합 마력, 측량할 수 없는 염동력이 촘촘한 밀도로 짓쳐 오자.

베리앙이 바삐 손을 휘저어 루인의 마법을 힘겹게 막아 냈다.

복잡하고 오묘한 술식, 수많은 이치가 녹아 있는 루인의 회로 구현력에 베리앙이 경악의 얼굴을 했다.

"이, 이게……."

자신이 가늠했던 경지는 눈앞의 소년이 지닌 진정한 경지가 아니었던 것.

"이게 헤이로도스의 술식인가?"

한없이 진지한 표정.

루인은 나이에 어울리지 않게 열정으로 불타는 그의 눈빛 앞에서 거짓을 말하진 않았다.

"기본은 헤이로도스의 술식 구현법. 거기에 나만의 마도가 녹아 있다."

저 어린 나이에 감히 마도(魔道)를 입에 올리면서도 한 치의 주저함이 없다.

그러나 그 태도가 어색하진 않았다.

그의 확고한 단언처럼 백마법의 체계로는 도저히 헤아릴 수 없는 미지의 술식 구현력이 그에게 있었기 때문이다.

이 어린 소년에게 어떻게 저런 가공한 마도가 가능한지 베리앙은 도저히 믿을 수가 없었다.

"당신은 '존재'인가?"

루인이 깜짝 놀랐다.

"인간들에게는 신일 텐데?"

인간들은 신을 결코 경지로 구분하지 않는다.

위대한 신들을 '존재(存在)'로 칭하는 이들은 인간들 중에서도 극소수였다.

그 말은 눈앞의 노인이 타 종족, 특히 드래곤들과도 충분한 교류를 하고 있는 뛰어난 인간, 혹은…….

순간 루인의 눈빛이 기이해진다.

"호오, 이제 보니……."

어쩐지 인간 백마법사의 마력치고는 활성력이 독특하더라니.

이 정도로 독특한 활성 파장을 지닌 마력은 가만 생각하니 단 하나밖에 없었다.

용맥(龍脈).

다른 말로는 용마력.

오직 드래곤, 그것도 성체까지 자란 드래곤만이 보유할 수 있는 특유의 마력이었다.

"나는 너희들의 같잖은 유희에 놀아나는 한가로운 사람이 아니다. 할 말이 있다면 연기 따윈 집어치우고 다시 찾아와라."

그것은 폴리모프(Polymorph) 따위로 정체를 숨기지 말고 본체로 다시 찾아오라는 의미.

분명 드래곤의 유희 따윈 상대하지 않겠다는 대마도사의 단호한 선언이었다.

순간 베리앙의 두 눈에 모호한 빛이 담긴다.

인간의 옛 역사로부터 '위대한 존재'로 불려 온 에이션트 드래곤인 자신을 단숨에 알아보는 인간이라니.

한데 알아보는 건 둘째 치고라도 자신이 드래곤이라는 걸 안 인간이 이토록 건방지게 반응을 해 온다고?

"감히 내가 본체로 와도 상대할 수 있다는 뜻이냐?"

"못할 것도 없지."

루인의 전생.

인연으로 얽혔던 드래곤들은 몇 마리 없었지만 루인은 그들을 어떻게 다루어야 하는지를 잘 알고 있었다.

고고한 드래곤을 굴복시키는 일은 대마도사의 가장 중요했던 임무 중 하나.

"감히!"

순간 베리앙은 지금까지의 유희의 삶을 끊어 내 버릴 뻔했다.

베리앙이라는 인물은 그가 오랜 세월 공들인 유희의 완성.

한데도 순간의 분노에 사로잡혀 폴리모프를 해제할 뻔한 것이다.

말없이 지켜보던 소드 힐의 노인이 나직이 한숨을 내쉬었다.

"분명 이러실 줄 알고 그동안 제가 한사코 말린 겁니다."

소드 힐의 노인은 루인의 성향을 누구보다 잘 알았다.

마신을 소환할 수 있는 인간이 드래곤을 위대한 존재로 예우할 리가 없는 것이다.

루인이 소드 힐의 노인을 무심하게 응시했다.

"미리 말도 없이 용은 왜 데려온 거지? 싸움이라도 붙일 작정인가?"

"……대체 왜 그랬나?"

"응? 뭘?"

더욱 한숨을 내쉬는 소드 힐의 노인.

"1왕자가 대역 왕비의 정체를 볼모로 국왕을 협박하고 있네. 그 일에 자네가 개입되어 있다는 걸 알고 왔지."

"그게 어때서?"

내내 잔잔한 마음을 유지하던 소드 힐의 노인도 지금만큼은 참지 못했다.

"아라혼이 왕이 된다면 너무 큰 혼란이 초래되네! 왕가의 역사에서 공고한 기득권이 단숨에 무력화된 예가 존재하는가!"

루인은 대답 없이 소드 힐의 노인을 무심히 바라보고만 있었다.

이제야 왕국의 수호자를 자처하는 저 노인들의 음흉한 속내가 보이기 시작한 것이다.

"……그랬군."

역사에 개입 혹은 간섭하는 일을, 고작 기득권을 보호하는 짓 따위를 감히 수호(守護)라는 이름으로 포장하다니.

"이제 보니 개같은 늙은이들이었군."

루인이 투툭 목을 풀었다.

"왜 우리 연합에 얼굴 한 번 비치지도 않고 모조리 죽어 버린지를 이제야 알겠어."

"그게 무슨 말인가!"

씨익.

루인의 눈빛이 강렬하게 빛났다.

"너희들. 혹시 왕국의 수호자라는 이름으로 권력을 탐하나?"

권력, 이권, 욕망, 탐욕.

악제(惡帝)는 그런 부정한 것들을 탐하는 인간들을 누구보다 손쉽게 유혹할 수 있는 악마였다.

〈7권에서 계속〉